大活字本シリーズ

信長死すべし《下》

山本兼一

埼玉福祉会

信長死すべし

下

装幀　関根利雄

目次

天正十年五月二十九日
安土より京へ

奇瑞《きずい》　森乱丸

一

「降りそうだな」

馬の背に鞍《くら》をのせ、しっかりと腹の帯を締めると、森乱丸は夜明けの空を見上げてつぶやいた。

すでに日輪は昇っているはずだが、空には厚い雲が垂れ込めている。風は生ぬるい。いつ雨が降り出しても、おかしくない空もようである。

「このところ雨ばかり降りまするな」

弟の坊丸《ぼうまる》も、馬の背に鞍をつけながらつぶやいた。

このたびの上洛《じょうらく》には、乱丸とは年子の弟坊丸と力丸《りきまる》も同行する。乱丸が十八で、二人はひとつずつ下である。

三人の兄弟は、信長に茶道具の運搬を命じられた。安土から京の本能寺まで十里の道のりを、慎重に運ばねばならない。

乱丸は、いまいちど荷車の縄の締まり具合をたしかめた。

信長がなによりも大切にしている名物《めいぶつ》茶道具を三十八。そのほかにも信長愛蔵の品々を運ぶのである。いつになく緊張している。

「だいじょうぶでしょうか」

力丸が不安げな顔でたずねた。

「なにがだ」

麻縄にゆるみはなかった。被《かぶ》せてある菰《こも》にも、その下の油紙にもなんの問題もない。力丸の懸念が、乱丸には不愉快である。

「なにがというて、万が一にも御道具を損ねたりしたら……」

「たわけ。不吉なことを口にするな」

「……はい」

力丸が不安になるのも無理はない。

いずれも、数千貫の値がつく名物道具ばかりである。しかも、茶道具はつくりが弱々しいから、壊れやすいものが多い。

道具は仕覆《しふく》や布で包み、桐の箱に収めてすきまに真綿《まわた》を詰め、さらに漆塗《うるしぬ》りの外箱に入れて布で被《おお》った。それを八つの葛籠《つづら》にそっと収め、すきまには揉《も》んだ反故紙《ほごがみ》を詰めた。

葛籠は厚い綿入れでくるみ、油紙を巻いて、菰に包んだ。

荷車にその葛籠をならべ、全体を大きな油紙で被い、さらに菰をかぶせて縄で縛りつけた。

たとえ荷車の車輪が石に乗り上げて大きく跳ねたところで、けっして割れたり壊れたりする心配はない――はずである。

荷車を牽《ひ》き、押すのは、足軽のなかでも選《え》りすぐりの屈強にして慎重な六人。前に二人、わきに二人、後ろに二人。これだけついていれば、まず安心である。

「それにしても、この荷車に日《ひ》の本《もと》の国に値するほどの財物が積んであるとは、まことに驚くべき御屋形《おやかた》様のお力でござるよ」

坊丸が荷車の菰を撫《な》でながら口にした。

「日の本に値するとは、いささか大袈裟《おおげさ》ではありませんか」

力丸が首をかしげた。

「いや、あながち大袈裟でもあるまい。日の本ぜんぶとは言わぬが、その半分くらいの値打ちはあるぞ」

乱丸はつぶやいた。

信長が集めたのは、どれもたいへんな唐物《からもの》、和物の名物ばかりである。

茶入の九十九茄子《つくもなす》、珠光《しゅこう》小茄子、円座肩衝《えんざかたつき》、勢高肩衝《せいたかかたつき》、万歳大海《ばんせいたいかい》。

紹鷗白天目《じょうおうしろてんもく》、犬山かづき天目、松本、宗無《そうむ》、珠光の茶碗《ちゃわん》。

堆朱《ついしゅ》に龍を彫った台。

趙昌《ちょうしょう》、玉澗《ぎょくかん》、牧谿《もっけい》ら、宋の絵師たちの絵には、菓子、古木、くわい、ぬれ烏《がらす》などが描いてある。

そのほかにも、香炉、茶杓《ちゃしゃく》、五徳、炭斗《すみとり》、花入、水指《みずさし》、柄杓立《ひしゃくたて》、水翻《みずこぼし》、香合、釜《かま》など、いずれも天下に名の知られた名物である。

なかでも珠光小茄子などは、家来の滝川一益が、上野一国と信濃の二郡、さらには関東管領職《かんれいしき》を合わせた恩賞よりなお欲しがったというとんでもない名物である。そんな名物や、信長がつねにそばに置いて愛《め》でている品々がたくさん積んである。荷車に日の本の国がのっているというのも誇張ではない。

すっかり準備をととのえて待っていると、大手道をくだってくる騎馬武者の群れが見えた。

母衣武者《ほろむしゃ》の先頭に、鹿革の行縢《むかばき》をつけ、萌葱色《もえぎいろ》の小袖《こそで》を着た信長がいる。

大手門内の枡形《ますがた》では、乱丸たちと荷車、ほかの武者たちが待ち構えている。みな甲冑《かっちゅう》をつけて、出立の用意にぬかりはない。

乱丸は、甲冑の背に三尺四寸あまりの長大な陣太刀を背負っている。大柄な乱丸にしても長すぎる刀で、ふだんは魔除《まよけ》として飾っておくだけで帯びることはないが、このたびは背負っていく気になった。

信長は、京からさらに西に向かうであろう。

どこまで行くつもりなのかは、まだ知らされていない。

あるいは、そのまま備中まで進軍して、毛利を相手に苦戦している羽柴秀吉を助けることになるかもしれない。万全の用意をしておきたかった。

枡形まで来ると、信長が白鹿毛《しらかげ》の馬を停めた。馬が、鼻息あらく嘶《いなな》いた。

切れ長の目を細めて、信長が乱丸を見すえた。

――したくはよいか。

と訊《たず》ねているのだ。

「いつでも出立できまする」

「茶の湯の道具が大事だ。ゆるりと参る」

信長が一同に言いわたした。

「かしこまって候」

乱丸と二人の弟の声がそろった。

信長が笞《むち》を持った右手を上げると、大手門の大きな扉が左右に開いた。
先駆けの赤母衣武者が二騎、馬に笞をくれ、そのまま京に向かって駆け出した。
つづいて大手門を出た行列は、百騎に満たない。
信長と荷車とを真ん中にして、前後を小姓と馬廻衆《うままわりしゅう》が囲んでいる。
大手門を出ると、信長が天を仰いだ。
どこかで蛙《かわず》の鳴き声が聞こえている。
「すぐにも降りそうだな」
信長が前を向いたままつぶやいた。
後ろで駒を進めている乱丸には背中しか見えないが、信長は眉《まゆ》をひそめているだろうと思った。

「はい。降りましょう」

乱丸は、信長の背中に向かって返事をなげた。

蛙が鳴いているのは、雨のしらせであろう。

――それにしても、みょうな蛙だ。

雨のしらせなら、たくさんの蛙が鳴いてもよさそうだが、聞こえるのは、ただ一匹だけの声であった。

二

――京の本能寺で茶の湯をする。

信長がそう言い出したのは、つい一昨日のことだった。

——名物道具をすべて運べ。

命じられたので、大慌てで茶道具を運ぶしたくをととのえた。

安土城天主の御座の間のそばにある納戸で、弟の坊丸、力丸、同朋《どうぼう》衆《しゅう》に手伝わせ、道具を一つひとつあらためながら、ていねいに仕覆や布で包み、桐箱に収めなおした。

茶入の九十九茄子を手にした力丸が、しげしげと眺めながらつぶやいた。

「しかし、こんな土器《かわらけ》が大和一国に値するとは思いもよりませんな」

九十九茄子は、胴のふっくらした茶入である。かつて、侘茶《わびちゃ》の祖《そ》村田珠光が九十九貫文で手に入れたため、そんな名が付いている。

やがて大和多聞山城主だった松永久秀の手にわたり、久秀が信長に献上した。その見返りとして、久秀は信長から大和一国を安堵《あんど》されたのであった。

「茶入の良さが、おまえなどに分かってたまるか」

坊丸が、力丸をなじった。

「では、兄者《あにじや》は、この茶入のどこに大和一国の値打ちがあるかお分かりなのですか」

「ああ、ふくよかな姿と、釉薬《ゆうやく》ののびやかな景色さ。それが分からぬようでは、茶の湯はできんぞ」

得意気に話す坊丸の言葉どおり、九十九茄子は、胴がゆったりと膨らみ、すこし赤みがかった釉薬がたっぷりかかっている。

「それくらいのことは分かりますとも。しかし、百貫、二百貫ならともかく、茶入ひとつが一国に値すると言われてもどうにも頷《うなず》けません。茄子と呼ばれる茶入は、いずれも胴がふっくらしていますし、釉薬がたっぷりかかっている茶入などいくらでもあります。なぜこの茶入が特別なのかが分かりません」

力丸が首をかしげている。

「口をつつしめ。おまえなんぞに分かろうが分かるまいが、名物は文句なしに名物だ。生意気な口をきくでない」

乱丸が叱っていると、同朋衆たちが、そそくさと膝《ひざ》で後ろに躙《にじ》って平伏した。

信長があらわれたに違いなかった。ふり向くと、納戸の入り口に信長が立っていた。

「力丸には、茶入の値打ちが分からぬか」

伸びた口髭《くちひげ》を撫《な》でながら、口を開いた。

「失礼いたしました。お許しくださいませ」

言いたい放題を信長に聞かれ、力丸がおびえて平伏した。肩が震えている。

「きつく叱っておきますゆえ、お許しくださいませ」

乱丸も平伏した。

「分からぬのは、無理もない」

「分別のない若輩でございます。なにとぞお目こぼしのほどを」

乱丸がさらに深々と頭を下げて詫《わ》びた。

顔を上げると、信長が目と口元で笑っていた。

「咎《とが》めるのではない。茶入などはただの土器《かわらけ》。千貫、二千貫はもとより、一国に値するなどとは、世迷《よま》いごと。分かるというほうがおかしい」

「…………」

「力丸は、一国と茶入のどちらがよいか」

かがんだ信長が、九十九茄子を手に取って見つめながらたずねた。

「一国にございます」

力丸が答えると、信長が呵々《かか》と笑った。

「正直でよい。わしも領国の代わりに茶入などは望まぬ」

「…………」

乱丸は、なんと答えてよいか分からなかった。

「茶入は利を生まぬ。ただ茶の湯に使うだけのものだ。領国をもっておれば、米が穫《と》れる。運上金が上がる。市を開いて売り買いすれば利が上がる。茶入などいくつでも買える銭が手に入るわ。国より茶入を欲しがるのは、愚か者よ」

「恐れながら、まことに御意のとおりと存じます」

言上したのは、力丸であった。

「世の中は、まことに、うつけ、たわけの集まりでや。茶の道具をありがたがって、それを手に入れる術《すべ》に気づいておらぬ」

信長がつぶやいた。

「手に入れる術とは、なんでございましょうか」

畳みかけるように力丸がたずねた。

「これ、ご無礼であろう」

遠慮のない弟の質問を、乱丸は叱りつけた。

信長は、機嫌よく笑っていた。

「許す。力丸は、どうすれば高価な茶道具がかくも沢山、集められると思うか」

逆にたずねられて、力丸が首をかしげた。

「さて……。商いによって利を上げることでございましょうか」

「利は大切だがな、利よりもさらに大切なことがあるぞ。乱丸ならなんと思うか」

乱丸も首をかしげざるを得ない。

「とんと見当がつきませぬ……」

首をかしげた拍子に思い浮かんだことがある。すぐにあとを続けた。

「……ただ、思い当たることがひとつございます」

「申すがよい」

「御屋形様は、この安土の城下に楽市楽座《らくいちらくざ》を開かれました。運上金が取られぬのを喜んで、各地からたくさんの品々が集まっております」

城下の楽市楽座には、商人《あきうど》たちがさまざまな物産を運び込んでくる。各地に遠征している織田家の武将からも、さまざまな物産が送られてくる。

将と軍兵《ぐんぴょう》が動けば、街道が整い、物が動く。そんな仕組みが、尾張、美濃、畿内《きない》を中心にできつつある。信長の版図《はんと》拡大につれて、関東、北陸、伊勢、山陽、山陰にひろがりつつある。

信長は、蒲生賢秀《がもうかたひで》らの近江衆に命じて、楽市楽座に集まってくる物産の売り買いをさせている。その利が莫大《ばくだい》なので、軍備をととのえたうえ、何千貫にもなる茶道具も買うことができる。

「利よりも大切なのは、利を生む仕組みをつくることではございませぬか」

信長が、間髪を容《い》れず、扇子を打ち鳴らした。

「よう見抜いた。まさにそのこと」

「恐れ入ります」

「一時の利などというもの、泡沫《うたかた》のごときものでな。たちまち消え失せてしまう。そんなものを追っても詮方《せんかた》ない」

きっぱりと断じた信長は、尾張にいたころ、木曾川の水運に目をつけ、大商人《おおあきゅうど》だった生駒家の出戻り娘である吉乃のもとに通い、ついには生駒家ごと家来にしてしまったと聞いたことがある。

信長は、生駒家が上げる利によって、鉄炮《てっぽう》を買い揃え、軍備を強化したのであった。

それを基盤にしたからこそ、いまの信長がある。

「利を追うより、利を生む仕組みをつくればよいのだ。世の中はたわけばかりにして、誰も、そのことに気づいておらぬ」

そんなやり取りをしながら道具をひとつずつ梱包《こんぽう》していると、最後に三足蛙《みつあしかわず》の香炉が残った。

唐銅《からかね》でできた香炉で、後ろ足が一本、前と合わせて足が三本しかない。唐ではそんな蛙を瑞祥《ずいしょう》をもたらす神獣として喜ぶのだと聞いたことがある。

三本足で踏ん張ったすがたの蛙は、肌が滑らかに磨き込まれている。なかなかよくできた細工であった。

信長が蛙の香炉を両手で持ってしげしげと眺めている。

「それは、どなたからの献上品でございましたか」

乱丸がたずねると、信長は首をひねった。

「はて……、これはどうしたものだったか」

しばらく考えてからつぶやいた。

桐箱の蓋《ふた》には、三足蛙唐銅香炉と墨書されているばかりで、作者や伝来については記していなかった。

「今川から取り上げたものだったか……。いや、生駒の家にあったか……」

どうにも思い出せないらしい。

「ひょうげた顔をしていて面白い。大切に包むがよい」

信長のいうとおり、蛙は飛び出した目玉と開いた口が、ひょうげていて味のある顔つきをしている。

火屋《ほや》のつまみの小さな螭龍《ちりよう》もよくできている。蜥蜴《とかげ》にも似た角のない小さな龍が後ろをふり返った姿が愛くるしい。

「かしこまって候」

乱丸は、ていねいに香炉を紙と布で包み、桐の箱に収め直したのであった。

厚い雲が垂れ込めた近江の野を、一行はゆるゆる進んでいく。

湖水に沿った道は、いたって平坦《へいたん》で、よく整備されている。

信長は、街道のところどころに、松を植えさせ、旅人が木陰で休憩できるようにさせた。そんな気遣いもあって、安土に物産が集まりやすくなっている。

沿道の人々によって、道は掃き清められ、大きな石などは落ちていない。

——これならだいじょうぶだ。

馬上の乱丸は、こころのなかでうなずいた。

茶の湯の名物道具を積んだ荷車は、ほとんど揺れることなく進んでいく。道具が損ずることはあるまい。

信長は、黙ったまま駒を進めている。

——ゆるりと行く。

とは言っていたが、信長のことである。雨も降りそうなので、白鹿毛の脚はしぜんと速くなった。

足軽たちは、遅れぬように懸命に荷車を押した。それでも、道に窪《くぼ》みや石を見つけると慎重に避《よ》けて通った。

むこうに瀬田《せた》の唐橋《からはし》の欄干が見えたとき、ひときわ大きな声で蛙の鳴くのが聞こえた。

荷車の前を行く信長が、馬を停めてふり返った。

足軽たちが押すのをやめ、荷車も停まった。

蛙の声はあたりの田からではなく、荷車から聞こえているようだ。

足軽たちが荷車をあらためたが、蛙は鳴きやまない。

「まるで、唐橋をわたるな、と鳴いているようでございまするな」

馬を寄せた坊丸が、低声《こごえ》でつぶやいた。

乱丸は答えず、馬を下りて荷車の菰の内側をあらためた。

たしかに蛙の声が聞こえる。田や池にいるあたりまえの蛙より、よほど軽やかな鳴き声である。

「どこか、荷のあいだに入り込んだようでございます。……いえ、ひょっとすると、あの三足の蛙が鳴いておるのやもしれませぬ。瑞祥でございましょう」

なにかいやなものを感じたので、乱丸は、無理にそれを奇瑞に転じさせた。

唐橋をわたって、先駆けの赤母衣武者が一騎もどってきた。

「山科に吉田兼和殿、粟田口《あわたぐち》には勧修寺晴豊殿など大勢の公家《くげ》どもが迎えに出てございます」

ここからは、大津《おおつ》の町を抜け、逢坂山《おうさかやま》のゆるい峠を越えれば、すぐに京に入れる。

「出迎えなど無用のこと。そう告げて帰せ」

「かしこまって候」

赤母衣を背負った武者が馬の腹を蹴《け》って、すぐに唐橋をわたって京に向かった。

そのとたん、空がひときわ暗くなり、大粒の雨が降り出した。

「先に行く。道具を大事に守り、ゆるりと本能寺に参れ」

信長は馬の腹を蹴ると、雨のなかを駆け出し、唐橋をわたった。

馬廻衆が三十騎ばかり、信長について駆け出した。

強い雨足が、すぐに一行のすがたをかき消した。

右手を見れば、広い鳰の海が雨にけぶっている。

しばしのあいだ湖国の雨をながめてから、乱丸は、荷車に出立を命じた。

三

京に入った乱丸と荷車の一行が本能寺に着くと、本堂の大屋根に強い雨が叩《たた》きつけていた。

本能寺は、四条坊門西洞院《にしのとういん》に七堂伽藍《がらん》と二十六の塔頭《たっちゅう》をもつ寺院であるが、信長は町のなかの小城郭として改築した。周囲には、狭いながらも堀がめぐらせてある。

雨にけぶる本能寺は、伽藍の大屋根と、本坊や客殿の檜皮《ひわだ》屋根がいくつも重なり、どっしりと重厚なたたずまいを見せていた。

高い軒端から、滝のごとく雨が流れ落ちている。

まだ申《さる》の刻（午後四時）のはずだが、あたりはすでにほの暗い。

乱丸は下帯まで冷たく濡《ぬ》れそぼっていたが、まずは荷車から茶道具を降ろすことにした。

本堂の裏手にある檜皮葺《ぶ》きの御座所の大屋根の下で、葛籠を縁側に運び上げた。

坊丸、力丸に道具の番をさせ、乾いた小袖に着替えてから縁廊下にもどると、葛籠の雨の滴を拭《ぬぐ》い、御座所の控えの間に運び込んだ。灯明をともし、道具の箱をひとつずつ葛籠から出し、箱の中をあらためた。

遅れて着替えてきた坊丸、力丸、同朋衆にも手伝わせた。

どの道具も壊れてはいなかった。

「よろしゅうございましたな」

安堵した顔で、坊丸がつぶやいた。

御座所の信長に、無事に来着した旨を報告した。信長のわきに、長男の信忠、京都所司代の村井貞勝らが顔をそろえていた。

「この座敷にならべよ」

ちいさくうなずいて、信長が命じた。

「かしこまって候」

言われたとおり、道具をひとつずつ御座所に運び込み、箱から出して畳にならべた。

信長は、脇息《きょうそく》にもたれて、じっと道具を見つめている。煌々《こうこう》と灯《とも》された明かりに照らされて、どの道具も艶《つや》やかに光って見える。

「これだけの御道具を見たら、公家どもも度肝をぬかれましょうな」

村井がつぶやいた。

「これほどな眼福は、唐、天竺、南蛮でも得られますまい」

信忠がいかにもすばらしい眺めだと褒めそやした。

信長は、おもしろくもなさそうな顔で、茶道具を眺めている。雨の音が強く、耳にさわる。

「明日は、どれほど集まるか」

道具を眺めたまま信長が訊ねると、村井が答えた。

「公卿《くぎよう》どもを中心に、まずは四十人ばかり参りましょう」

信長がうなずいたのを見て、村井がさらに続けた。

「近衛、九条、一条、二条、鷹司《たかつかさ》、今出川《いまでがわ》、徳大寺《とくだいじ》、飛鳥井《あすかい》、庭田《にわた》、甘露寺《かんろじ》、西園寺《さいおんじ》、山科《やましな》、勧修寺《かじゆうじ》、万里小路《までのこうじ》、烏丸《からすまる》、冷泉《れいぜい》、五辻《いつつじ》、土御《つちみ》門《かど》……」

そこまで公家の名前がならんだところで、信長が右手に持っていた扇子を小さく振った。

「暦のことはどうなっておるか」

土御門は、暦の制作を家職としている。そこから、こたびの京でのたいせつな仕事をひとつ思い出したらしい。

このころ、朝廷のつくる暦と、東国でつかわれている三島《みしま》神社の暦では、閏月《うるうづき》を入れる時期がことなっていた。このままでは、東国では天正十年の閏十二月なのに、京や西国では天正十一年の閏正月だというやっかいな事態になってしまう。

これまでもそんなことはあったが、東国と京では、さしたる交通もないので、とくに問題にはならなかった。

信長の領国のなかに、東国と西国がふくまれているがゆえに、問題が表面化した。

今年の一月、信長は、三島神社の暦に従うようにと、近衛前久と土御門久脩《ひさなが》に、安土城で言い渡していた。

「それがしの力およばず、公家どもは年中行事の日がずれるのを嫌い、かたくなに拒んでおりまする」

京での監視を命じておいた村井貞勝が、申し訳なさそうに頭を下げた。

「ふむ」

口髭を撫でていた信長が、扇子で道具のひとつを指した。三足蛙の香炉である。

立ち上がった乱丸は、それを両手で捧《ささ》げて、信長の前に置いた。

しげしげと香炉をながめてから、信長が口を開いた。

「一つの国に、暦が二つあってよいはずがない」

「まこと、仰せのとおりにございます」

村井が、また頭を下げた。

「暦は誰が決める？」

香炉を両手で膝にのせてから、信長が村井に訊ねた。

「天下を統《す》べる者が決めることと存じます」

信長が黙ってうなずいた。

「いま、天下を統べているのは、誰だ」

低いがはっきりした声であった。

村井に訊ねているというより、天に問うているように、乱丸には思えた。

「御屋形様にございまする」

間髪を容れず、村井が答えた。

「ならば、内裏《だいり》はなぜ逆らう」

「申し訳ございません」

村井がまた頭を下げた。

信長は、香炉の肌を撫でている。こちらに向いている蛙の顔が、乱丸には不気味に見えた。

「そのこと、明日、決着をつける。有無をいわせず従わせよ」

「承知いたしました」

村井のこめかみが、引きつっている。明日はたいへんな一日になりそうだと思っているに違いない。

夜が更けて、雨足が弱まった。

村井貞勝が、本能寺の東向かいにある自邸に、信忠が宿所の妙覚寺に引き上げると、信長は風呂《ふろ》に入った。

簀《す》の子《こ》の下の大鍋《おおなべ》に湯を煮え立たせ、浴室を湯気で充満させる蒸し風呂である。しばらくすわっていると、全身から汗がほとばしる。

入り口の前に控えていると、浴室内で手を叩く音が聞こえた。

湯帷子《ゆかたびら》を着て裾《すそ》をまくった乱丸が入ると、信長が背中を見せてすわっていた。

力強くこすられるのを信長は好む。乱丸はしぼった麻の布に力を込めて背中の垢《あか》をかいた。

来年は五十になるというのに、信長の肌は水滴をはじいて艶やかで張りがある。若いころから、水練や乗馬で鍛えただけあって、無駄な肉がなく、筋肉が引き締まっている。

背中をこすり、腕をこすった。

「気にくわん」

右腕をこすっていると、信長が吐き捨てるように言った。

「…………」

乱丸は答えなかった。

「気にくわん」

「……はい」

「朝廷のことだ」

「まことに横柄でございます」

左腕をこすった。信長の背中がこわばった気がした。

「京を焼くか……」

九年前、二条の屋敷にこもった足利義昭を攻めるとき、信長は上《かみ》京《ぎょう》を焼け野原にしたと聞いている。さすがに内裏は焼かなかったと聞いているが、こんどやるとすれば、内裏こそが目的であろう。

背中と腕をこすり終え、湯をかけて垢を流すと、信長は満足そうにうなずいて立ち上がった。

深更《しんこう》になって、雨音がやんだ。

本能寺のまわりの堀で蛙が鳴いている。

信長の寝所の次の間で乱丸が宿直《とのい》していると、信長の起きる気配があった。

「たれかある」

声がした。

「ここに」

襖《ふすま》を開け、乱丸は手燭《てしょく》を持って寝所に入った。

白い帷子を着た信長が、薄縁《うすべり》のうえにあぐらをかいてすわっていた。

「聞こえるか」

それだけつぶやいた。

耳を澄ました。

雨の音はやんでいる。

外ではたくさんの蛙が盛んに鳴いている。

「蛙でございますか」

「そうだ」

「盛んに鳴いております」

「そとの蛙ではない」

「…………」

「あの蛙だ」

信長が、あごをしゃくった。

見れば、いつのまに飾ったのか、床の棚に三足蛙の香炉が置いてある。

「鳴いておる」

乱丸は、床ににじり寄って、蛙に耳を近づけた。

息を殺して、耳を澄ました。

たしかに、香炉の蛙が鳴いている。

外の蛙とはまったくちがった異界の鳴き声だ。

「聞こえまする」

「奇瑞である」

つぶやいた信長が、さらに強い目つきで香炉を見すえた。

背筋を伸ばし、まっすぐに睨《にら》みつけている。

「天下がすべて我がものとなる瑞兆である」

はっきり断じた主人の体内で炎が燃えているような力強さを感じ、
乱丸は神を拝むように、おもわず両手をついて平伏した。

天正十年六月一日
京　本能寺

点前《てまえ》天下一　近衛前久

一

本能寺の巨大な本堂の北側に、信長のための御殿がある。むろん本人が建てさせたものだ。

そこの車寄せで輿《こし》から降り立った近衛前久《このえさきひさ》は、空を見上げた。

昨夜の雨は上がったものの、まだ雲が多い。いつまた降り出してもおかしくない空もようである。庭に、舎人《とねり》たちが多いのは、すでに大勢の公卿《くぎょう》たちが到着しているからだろう。

御殿に登る階《きざはし》を見つめて、前久はすこし気後れした。

――御稜威《みいつ》（天皇の強い威勢）であるわい。

前久はこころの内で自分に言い聞かせた。

そうでもして覚悟を決めなければ、一歩でもこの御殿に踏み込むことができない。すべては、帝《みかど》の御意向なのだ。臣下である自分が、御稜威に逆らうことは決してできない。

「いかがなさいましたか」

もう一挺《いっちょう》の輿に乗ってきたせがれの信基《のぶもと》（のちの信尹《のぶただ》）が、背後からたずねた。ことし十八になる信基は、元服のとき、冠親《かんむりおや》となった信長から信の字をもらっている。

「いや、なんでもない」

ふり返らずに、前久は首をふった。生きていれば、どうせ、しがらみばかり増えるのが、人の世の中である。

階を登ると、朝も早いというのに、もう人の賑《にぎ》わいがあった。

御殿の内は、一の間から三の間まで、襖《ふすま》を取り払い、ひとつづきの大広間にしてある。

いちばん奥の一の間上段の信長の御座所に、公卿たちが群がっている。束帯の背中と冠が蠢《うごめ》いているのは、本日の茶の湯に先立って道具を拝見しているに違いない。

歩み寄った前久は、公卿たちの肩ごしに道具を覗《のぞ》き込んだ。

茶入や茶碗《ちゃわん》、香炉などがいくつも畳に並べられ、床に画幅が掛けてあるが、大勢の公卿が道具を手に取っては、しげしげ眺めているので、どうにも近づけそうもない。

信長所有の茶道具そのものは、安土の城で見せてもらっている。すばらしい道具には違いないが、今日ばかりは、どうにも興趣が湧かない。

人と人のあいだから熱心に道具を見ている信基を残したまま、前久はひきさがって二の間に腰をおろした。

笏《しやく》を手にしたまますわってはみたが、はなはだ落ち着かない。

いまにも、塀の外から雄叫《おたけ》びが聞こえ、ここに明智の軍勢が押し寄せてきて、阿鼻《あび》叫喚の合戦が始まりそうな気がしてしまう。

――それとも……。

奥から信長があらわれ、侍に命じて、前久を取り押さえさせる。

――首を刎《は》ねよ。

と、冷厳に命じる、という展開も起こりえるのである。

明智光秀が、機密を守るとはかぎらないのだ。すでに心変わりしていて、信長に注進しているとすれば、公卿一同、この殿舎に閉じ込められて焼き殺されるという惨事さえもありえる。

さらには内裏《だいり》が焼き払われ、帝まで斬首《ざんしゅ》されるという最悪の事態さえ起こりかねない。

吉か、凶か――。

これからどちらの事態が起こるのか、前久には見当がつかない。

それとも、どちらも起こらないのか。

――いや。

前久は、こころのなかで首をふった。

石は、すでに坂道を勢いよく転がり始めている。

そのまま止まるとは考えにくい。

草や木をなぎ倒し、さらに大きな崖崩《がけくず》れを巻き起こすであろう。

信長という男の性癖やこれまでの所業を考えれば、臣下に弑逆《しいぎゃく》されるという末路がいちばん似つかわしい。

そう思えば、黙ってすわっているのさえ、居心地が悪く、どうしても落ち着かない。

瞑目《めいもく》して、ゆっくりと気息をととのえようとした。

それでもなお、こころは乱れるばかりであった。

道具の拝見を終えた勧修寺晴豊《かじゅうじはれとよ》がやってきて、となりに腰をおろした。

「いかにもみごとな道具ばかりでおじゃるな。いや、かような眼福《がんぷく》が生きているあいだに得られようとは、思うてもおらなんだ」

晴豊は、すべての事情を知っている。

それでいてなお、落ち着いていられるのは、大人物なのか、愚物なのか。

「茶の湯の道具など、いまさらおもしろくもなかろうに」

前久がつぶやくと、晴豊がうなずいた。

「今日なればこそ、おもしろい。生者必滅会者定離《しょうじゃひつめつえしゃじょうり》のことわりをあらためて思い出した。人の命も、物の命も、まことに儚《はかな》いうたかたの夢」

つぶやいた晴豊が、目を瞬《しばたた》かせて、ため息をついた。

前久は、思わずあたりを見渡した。

幸い、ちかくで聞いている者はいなかった。

本日、信長への挨拶《あいさつ》にやってくるのは、堂上《とうしょう》の高位高官の公卿ばかりでなく、僧や博多の商人《あきうど》もいると聞いている。

「不用意なことを口になさるな」

前久が釘《くぎ》を刺すと、晴豊がうなずいた。

「しかし、口にしとうもなるでおじゃろう。あれだけの名物道具が、あたら灰燼《かいじん》に帰するとは……」

「しッ」

笏を立てて、前久は、晴豊を制した。まったく緊迫感の乏しい男だ。

「吉田はどうした？」

公卿ではないが、吉田社神官の兼和も今日の参礼に来ることになっている。昨日は、山科まで信長を迎えに出ていたはずだ。

「月のはじめの一日は神事が多いとかでな。明日うかがうとの言伝《ことづ》てであった」

「ふん。勝手なことだ」

吉田社では、天地神祇《じんぎ》八百万《やおよろず》の神を祀《まつ》っている。すべての神々に祈りを捧《ささ》げるなら、たしかにいくら日にちがあっても足りまい。

「しかし……」

口を開いた晴豊が、ことばを切った。

「なんじゃ」

「いや、栓《せん》ないこと……」

晴豊が首を小さく横にふった。

黙ったまま前久が見すえていると、晴豊が低声《こごえ》でことばをつづけた。

「あの茶道具だけでも、なんとか持ち出すことはできまいか……」

前久は、わざと束帯の袖《そで》を大きく振って、衣擦《きぬず》れの音を盛大にたてた。

まったくもって不用意なもの言いようである。そんなことが、すこしでも誰かの耳に入ったら、たちまちすべてが露見してしまうではないか――。

前久が睨《にら》みつけると、晴豊は一の間のほうを見やったばかりである。

さして悪いことをしたとは思っていないらしい。

二条昭実《あきざね》がやってきて、そばにすわった。

まだ二十なかばの若い男だが、五摂家のひとつ二条家の当主だけあって右大臣に就いている。昭の字は、元服のときに足利義昭からもらったという。

二条家は、鎌倉に幕府があったころ、本家である九条家から義絶されて立てられたため、家領がなく暮らし向きの苦労が多かった。信長の養女を嫁にもらっていくばくかの家領をもらい、いまはなんとかしのいでいるようだ。

「近衛殿は、茶道具をご覧になりましたか。まことまこと、たいへんな値打ち物ばかりにおじゃりまするな」

「さようだな」

前久は答えたが、ことばに力がこもらない。昭実は、それを敏感に感じ取ったらしい。

「いかがなさいました。あれだけの茶の湯の道具をご覧になっても、さして感興が湧きませぬか」

化粧で描いた眉《まゆ》をひそめて、昭実がたずねた。

「ああ、安土の城で見せてもろうたゆえにな」

今日は、道具よりなにより気がかりが多過ぎる。

「しかし、あれだけのお道具でおじゃる。何度見ても、見飽きるということはおじゃりますまい」

若い右大臣が膝《ひざ》を乗り出してきた。

「いや、素晴らしいには違いない。しかし、考えてみれば、茶碗や茶入は、しょせん土くれ。なにほどのこともないと、考え直していたところ」

前久がつぶやくと、晴豊が大きくうなずいた。

「近衛殿はな、あれだけの名物道具が灰燼に帰するとて、悔やみはせぬと言うておられる」

「灰燼に……。それはまたなぜ」

昭実がたずねたが、晴豊は答えない。しょうことなしに、前久が答えることになった。

「ただのたとえ話でおじゃる。意味などはござらぬよ」

昭実がしきりと首をかしげている。納得していないようだ。

「何万貫ともしれぬ財宝でおじゃる。それが火災に遭って失われても、惜しゅうはないと仰せられまするか」

「惜しゅうはないと言うたのではない。まこと、世は無常。あれほどな道具とて、失われることがあるやもしれぬ。それもまた侘茶《わびちゃ》の風情であろうと思うたまでだ」

言い繕えば言い繕うほど襤褸《ぼろ》が出そうだったので、前久は立ち上がって、道具を拝見に行った。

九条兼孝《かねたか》が、茶入を手にして眺めていた。

「どれ、拝見」

と、横からひょいとつかみ取った。

取られた兼孝は驚いたが、相手が近衛前久ではしょうがないという顔つきである。

三十になったばかりの兼孝は、去年まで関白だった。もとはといえば二条家のせがれで、昭実の兄であるが、九条家に養子に入った。

公卿たちの多くは、互いに縁戚《えんせき》関係があり、血の結びつきが濃い。

そもそもが、藤原北家の流れが、いまの近衛、鷹司《たかつかさ》、九条、二条、一条の五摂家となったのだから、前久と兼孝も縁戚である。

「まことに姿といい釉薬《ゆうやく》の景色といい、すばらしい茶入でおじゃりまするな」

兼孝がつぶやいた。

茶入は、九十九茄子《つくもなす》であった。

ゆったりとした胴の膨らみがなんとも言えないが、前久がじぶんで払うなら、せいぜい百貫か二百貫だ。何千貫も支払う金はないし、仮に金があっても、とてもそんな気にはなるまい。

「ああ、よい茶入だな」

ことばでは同意したが、こころではまるでそんなことは思っていなかった。

二

「茶の子をさしあげますゆえ、ご着座いただきますように」

ずっと茶道具のそばについて見張っていた体つきの大きな小姓が、同朋衆《どうぼうしゅう》からなにか耳打ちされて、一同にそう告げた。信長の小姓はみな顔だちが麗しい。

官位の順にならんですわると、正客《しょうきゃく》は准三宮《じゅさんぐう》の前久だった。次客には、せがれの信基がすわった。そのあとに、九条兼孝、一条内基《うちもと》、二条昭実らがずらりと居ならび、僧侶《そうりょ》、神官ら合わせて四十人ばかりの客が、行儀よく顔をそろえた。

茶の湯がはじまった。

目八分に塗りの折敷《おしき》を捧げた同朋衆がつぎつぎとあらわれて、それぞれの客の前に配った。

脚付きの折敷には、塗りの椀《わん》に飯と汁、鯉の膾《なます》がのっていた。侘茶風の懐石であった。

金の蒔絵《まきえ》をたっぷりほどこした柄《え》付きの銚子《ちょうし》を手にした同朋衆に、濁り酒を注《つ》がれた。

匂いをかぎ、恐る恐る口を湿した。

――毒が入っているのではないか。

そう警戒したのである。

すこし舐《な》めてみたが、みょうな味はしない。同朋衆は順に酒を注いでいく。

見まわすと、みな平気で杯を干している。しばらく眺めていたが、悶《もだ》え苦しんで倒れる者などいなかった。

――だいじょうぶか。

少なくとも酒に毒は入っていないらしい。

白味噌《しろみそ》の汁を飲んだ。

大きな豆腐に、溶き辛子《がらし》がのっている。

これも、へんな味はしない。京の料理人であろう。昆布《こんぶ》の出汁《だし》が甘めの白味噌をうまく引き立てて美味である。一同、平気で汁を飲み、飯を食い、膾にも箸《はし》をつけはじめている。

「いかがなさいましたか」

となりで箸を動かしていた信基がたずねた。

「いや、なんでもない」

前久は首をふった。

「屋敷を出る前から、ずいぶんご様子がおかしゅうございましたが」

「なんでもないと言うておろう」

すこし声が荒くなってしまったので、前久は、取り繕《つくろ》うように言葉を続けた。

「ちかごろ、すこし疲れておるようだ。今日はせっかくの茶の湯の招きじゃ。酒を酌んで、いささかくつろがせてもらおう」

——それでよいのだ。

ひょっとすると、自分一人狙われて殺されるかもしれないと案じていたが、杯を何杯か干すと、酔いも手伝って、しだいに不安が薄らいでいった。

それから、ごぼうの煮物、うどの和え物、柚味噌《ゆず》、串鮑《くしあわび》の煮物など、何品かの料理が運ばれてきた。素朴な侘《わ》び数寄《すき》の料理だが、どれも美味であった。

信長は、すがたを見せない。

同朋衆に酒を注がれるまま、公卿たちは料理を口に運び、酒を飲んだ。

酔いのまわった公卿たちは、いま見たばかりの茶の湯の道具のすばらしさと、それを集めた信長の力の強大さを話題にして杯を応酬し、盛り上がった。

「それにしても、信長殿の力は絶大。もはや、この国に敵はありますまい」

前久に酒を注ぎながら、九条兼孝が口を開いた。

「これだけの力があるとなれば、中国の毛利、四国の長宗我部討伐も時間の問題、今年のうちには、あらかた鎮定しとげるのではおじゃりませぬか」

二条昭実も、しきりと信長の力を褒めそやした。

「去年の馬揃えを見ても、信長殿のご威勢は、もはや揺るぎないものでおじゃりましょう」

せがれの信基までが、思い出したように言った。

「まこと、天から舞い降りたかと見まがうほど華麗な将兵の馬揃えでおじゃった」

兼孝が、杯を干してうなずいた。

たしかに、去年の春、信長が内裏すぐわきの馬場でおこなった馬揃えは、きわめて壮観だった。あれほどの軍事力、そして、いましがた見せられた茶道具の経済力をもつ信長こそが、いま天下の覇者であることは間違いない。

いまのところはまだ、畿内《きない》一円とその周辺に支配地はかぎられているが、中国の毛利、四国の長宗我部の討伐は、たしかに時間の問題であろう。

そこまで制圧したなら、九州の大友や島津も無駄な抗《あらが》いはするまい。越後の上杉、相模の北条まで討伐したなら、東国もまた信長に従うしかなくなろう。

それは、高いところから低いところに水が流れるように、現実のものとなっていくにちがいない。

「しかし、信長殿の意のままに、この国が動いてよいものであろうか……」

前久が低声《こごえ》で口にすると、三人がいっせいにこちらを見た。六つの眼《まなこ》が、いぶかしげに光っている。

「それは、どういう御意でおじゃろうか」

兼孝がたずねた。

「いや、どうの、というわけではないがな。なにしろ信長殿は武のお方。力任せに押し進めるばかりでは、政《まつりごと》が成り立たぬこともあるのではないかと思うたばかり」

前久のことばに、兼孝が首をふった。

「いまは、政より、武のほうが先でおじゃりましょう。すべて平定してからでなければ、政もできますまい」

言われれば、たしかにそのとおりかもしれない。昭実も同調した。

「信長殿は、あれでよく朝廷をうやまい、しきりと内裏を気づかっておられる。今日の招きもその証《あかし》。我らからの進物はすべてお断りになってではおじゃりませぬか。麿《まろ》は、私心のない方と見ております」

若い昭実は、すっかり信長の信奉者であるようだ。たしかに、信長は、今日、公卿たちが持参した進物をすべて断り、受け取らなかった。帰りには、むこうから土産をたくさんくれるであろう。

ここに集まった公卿たちは、みな、信長に信を置いている。信長が天下布武《ふぶ》をなし遂げれば、日の本に安寧がおとずれ、内裏は献上の品々で大いに潤うだろうと期待している。

いま、それを否定したところで、どうにもならない。

どのみち、ここに集まった公卿たちには、なんの力もない。帝が右と言えば右を向き、左と言えば左を向くだけの連中だ。

――麿が、その筆頭か。

おのが立場を思い出して、前久は苦笑して杯を干した。

三

ゆっくりと時間をかけて馳走《ちそう》と酒を堪能《たんのう》した。

ひとしきり腹がくちくなったころ、

「おなりでございます」

という小姓の声とともに、一の間の金襖が開いた。

みごとな松と鷹《たか》の絵のむこうから信長があらわれた。

藤色の小袖に、袴《はかま》をつけただけのかろやかないでたちの信長は、一同に向き直ると、立ったままわずかに頷《うなず》いた。礼のつもりであろう。

一座の公卿や僧侶たちは、かしこまってすわり直し、両手をついて深々と頭を下げた。

それを見て、信長は満足げに、あごを引いた。

一の間に飾ってあった茶の湯の道具は、すでに片づけてある。

書院にしつらえた台子皆具《だいすかいぐ》の前に、信長があぐらをかいて腰をおろした。

ついてきた同朋衆が、間合いをみはからい、うやうやしいしぐさで釜《かま》の蓋《ふた》を取ろうとすると、信長がなにかをつぶやいて制した。同朋衆がかしこまって、後ろに下がり、膝に手を置いて控えた。どうやら、信長がすべて自分で点前《てまえ》をするようだ。

信長が手を伸ばして釜の蓋を取ると、白い湯気が上がった。

台子に飾った白い天目《てんもく》茶碗を取って膝前に置いた。

柄杓《ひしゃく》で湯を汲《く》み、茶筅《ちゃせん》を通した。

仕覆《しふく》から茶入を出して、茶杓で茶碗に入れた。

釜の湯を注いで、茶筅でたんねんに練っている。

——なかなかの点前だ。

前久は、こころのうちで感じ入った。

信長の茶の湯にはなんども招かれているが、じつのところ信長自身の点前を見るのは、初めてである。いつもは、茶頭《さどう》が点前をした。

茶の湯に精進した茶頭や同朋衆たちの点前とは、まるで違って、信長の点前にはもったいぶったところが、いささかもなかった。

手の動きに逡巡《しゅんじゅん》やためらいがなく、指の先にまで、張りつめた神経がゆきとどいている。

見ていてすがすがしく、心魂の澄明さをあらわしているような点前だった。どこかに卑しさの匂いがないか見ていたが、そんな気配は微《み》塵《じん》もなかった。

焼いた麩《ふ》に甘い味噌を塗った菓子をつまんでいると、信長が茶筅をまわして引き上げた。練り終わったらしい。

同朋衆が、天目台にのせた茶碗を、前久のところまで運んできた。乳のように白い灰釉《はいぐすり》をかけた天目茶碗であった。縁に金がほどこしてある。唐物《からもの》を真似て焼いたのだろうが、姿がいささかやわらかく和の風趣がある。武野《たけの》紹鷗好みの白天目だ。

なかに、濃茶《こいちゃ》が入っている。

「ちょうだいいたします」

前久が言うと、台子の前の信長が黙ってうなずいた。粘ついた目が前久の心底まで見透かそうとしているようだ。

台のまま持って、茶碗の縁に口をつけた。

思い切って茶碗を傾け、口のなかに流し込んだ。

さわやかな味の濃茶であった。三口半飲み、縁を懐紙でよく拭《ふ》いて、次客の信基にわたした。

「どうだ？」

信長がたずねた。のっぺりとした顔には、感情が浮かんでいない。

「まことにけっこうな練り具合でおじゃりました」

侘び数寄の茶人なら、ここで茶を詰めた者の名を訊《き》くところだが、信長にそんなことをたずねるのは、かえって無礼であろう。

「この白天目は、ことのほか色が美しゅうございまするな」

信長が一同に向き直ってゆるりとすわり直した。

「まこと、それは色がよい。唐には、曜変《ようへん》天目というて、神々しいほどに美しい茶碗があると聞くが、目にするのは、おもしろみのないのが多いのう」

「曜変天目……でおじゃりますか」

前久は、そんな名の茶碗は知らなかった。

「ああ、茶碗の内に、青い星がまたたいておるほどに美しいと聞いた。それを得るためだけでも、明国に渡りたいもの」

外を眺めた信長が、目を細めた。遠い明国に思いを馳《は》せているのかもしれない。

同朋衆が、茶碗を運んできた。下座の客には、奥で練って出すらしい。一同が茶を飲み終えたところで、信長がたずねた。

「今日の道具はどうであったか」

「いかにもすばらしゅうございました。まさに、日の本のすべての宝がここに集まったごとき壮観」

前久は、かしこまって答えた。

今日、あらたまってしげしげ眺めたわけではないが、言葉にすればそうなる。

それができる信長の威勢に、前久はむろん敬意を払っている。

「わしは、これらの道具を持って大坂に移る」

「大坂でおじゃりますか」

となりで、せがれの信基が大きな声を張り上げた。ずいぶん驚いたらしい。

「そうだ。これから大坂に城を建てる。大坂におれば、西国に睨みを利かせやすい。毛利攻めにも、四国の長宗我部攻めにも、すぐわしが軍を率いて出馬できる。九州でも、朝鮮、明国でも、たちまちのうちに船で行けるぞ」

「それは、ご炯眼《けいがん》」

信基が、しげしげ頷いた。

「露払いは、われら博多の商人《あきうど》におまかせくださいませ。朝鮮や明の商人たちに、あらかじめ声をかけておきますれば、織田家になびく者が大勢出るはず。さすれば合戦での損耗がいかにも軽くてすみ申します」

末座の男が声を上げた。どうやら、博多の商人らしい。

「島井《しまい》か。道具はちゃんと見たか」

男は、博多の島井宗叱《そうしつ》という商人であった。

「むろんのこと。目に焼き付けさせていただきました。眼の正月、これに勝るものはございません」

島井のとなりの男がさらに賑やかな声で信長を褒めそやした。

「まことにもって、恐れ入りました。まさに上様こそが天下一の弓取り。お点前も天下一の見事さにございました」

やはり博多から来た神屋《かみや》宗湛《そうたん》という商人である。

「ふん。世辞のうまい奴らよ」

そう言いながらも信長は、まんざら不機嫌そうでもない。

——露見はしていないのだな。

前久は、なによりの気がかりが、ただの杞憂《きゆう》に過ぎなかったことに安堵《あんど》した。

秘密の使命を、明智光秀は漏らしてはいない。信長は、なにも知らない。

明智は、必ずや勅命を実行に移すであろう。

今宵《こよい》か、明日か、明後日《あさって》か——。

信長は、数日のうちに、大坂に動座する。それまでに、亀山にいる明智が、この本能寺を襲撃すれば、ことは必ず成功する。

なにしろ、この本能寺には、馬廻《うままわり》の衆と小姓を合わせても、せいぜい百人ほどがいるに過ぎない。

信長の嫡男信忠とて、五百人をひきつれているに過ぎない。夜半、密《ひそ》かに襲撃すれば、すべて帝の思惑どおりにはこぶであろう。

そう思えば、前久の全身に鳥肌が立った。

この国は、やはり帝のものなのだ。

いくら権勢を得たからといって、武人が勝手に動かせないのが、大和六十余州の決まりである。

「いやいや、それにいたしましても、お道具のみごとなこと、まことに感服いたしました。いまここそが、茶の湯の天下の須弥山《しゅみせん》でおじゃりまするな」

九条兼孝が言った。道具よりなにより、信長の財力に心底恐れ入ったらしい。

公卿たちが口々に道具を褒めたたえた。信長に酒を注ぎに出た者もいる。

信長は上機嫌であった。

だれにしても、道具を褒められるのは、我が身を褒められているようで嬉《うれ》しいらしい。

甲斐に遠征したときも、信長は、ほんの一杯か二杯しか酒を飲まなかった。酩酊するなどということのない男である。

それが、今日ばかりは上機嫌で杯を重ねている。

――やるなら、今夜だ。

いまは、まだ巳《み》の刻（午前十時）であろう。これからまだしばらく宴席はつづく。

本堂には、本因坊算砂《さんさ》という碁打ちの名人が呼ばれていて、あとでべつの名人と手合わせを披露することになっているという。

こんな夜こそ、陣営には油断が出やすい。

いくら見張りの将兵がいても、気がゆるみ、まさか、洛中《らくちゅう》のここが襲われるとは思ってもいないだろう。

――信長死すべし。

正親町帝《おおぎまちのみかど》の言葉が、前久の頭のなかで谺《こだま》した。

どうせ、このまますべてが平穏無事に終わるということはない。

――毒を食らわば皿まで、だ。

そんな悲壮な思いが、前久の腹のなかで沸騰している。

――さっそくにも、誰かを亀山に走らせたほうがよい。京から亀山までは、わずか四里ばかり、足の速い者に駆けさせれば、一刻《いっとき》もかからずに行き着ける。使いの者を走らせ、今宵こそ、二度とない絶好の機会であると、明智光秀に告げねばならない。

「どうした、近衛殿は、かげんでも悪いか」

気がつくと、信長がこちらをじっと見すえていた。切れ長の目に、いいようのない恐怖を感じた。

「いいえ、さきほどの点前を思い出して、いたく感心しておりました。まこと、天下一の点前でおじゃりました」

あわてて取り繕った。

「ふん。くだらぬこと」

信長が口元をゆがめた。とってつけたような世辞は、やはり気にくわぬらしい。

「さようなことより、暦のこと、いま一度、そのほうらで詮議せよ。天下に暦が二つあるなどということがあってはならぬ。そうであろう」

信長に言われて、前久はうなずいた。

「承知いたしました。すべて織田殿の得心なさるように取りはからわせていただきまする」

言ってから、思わず苦笑しそうになったが、前久は両手をついて深々と平伏し、顔のゆがみは、誰にも見せなかった。

天正十年六月一日
丹波　亀山城

出陣　明智光秀

一

明智光秀は、丹波亀山城本丸屋形の書院にいた。いつも茶の湯につかう座敷である。

四畳半の座敷は、いかにも洒脱《しゃだつ》で、ちかごろ流行《はや》りの侘《わ》び寂《さ》びめかした厭味《いやみ》な風情はない。東山風の簡素な造りだから、縁には四枚の障子があるし、書院の障子窓もひろく取ってある。あくまで明るく、書見にも不自由がない。

そこで、さきほどから、風炉《ふろ》にかけた釜《かま》の湯音に耳をすましている。城の内外には、大勢の将兵がいるが、本丸はさすがに静かで、小鳥のさえずりが聞こえるばかりだ。

雲が多く、蒸し暑い日である。さきほど、すこし雨が降ったが、本降りにはならずに上がり、また蒸し暑さがもどっていた。

障子を開け放しているので、ときおり吹きすぎる風が、ことのほかここちよい。

湯を沸かしているのは、信長から拝領した八角の釜である。その釜音を聴きながら、おのが来し方行く末に、想いを馳《は》せていた。

松の枝を吹きすぎる松籟《しょうらい》のごとときとりとめのない音を聴いていると、

こころの波が鎮まり、ゆっくりと縄をなうように、太い一本に束ねられてくる。それがなんともここちよい。

床には、信長から光秀に宛てた感状がかけてある。

今度萱振《かやふり》において、討ち取らるゝ首の注文到来。披見を加へ候。誠に以て粉骨の段、感悦極まりなく候。弥《いよいよ》戦功専一に候。

もう七年も前、佐久間信盛、細川藤孝らとともに、河内で一向一揆《いっこういっき》の衆徒と戦い、萱振の砦《とりで》を落としたときのものである。

右筆《ゆうひつ》の字ではなく、信長の直筆なので、わざわざ表装させておいた。ときに取り出しては、掛けて眺めている。

信長は、存外、すっきりとした気持ちのよい字を書く。悪い字ではない。

あの驕慢《きようまん》な人柄からすれば、もっと癖のある字を書きそうなものだが、真っ直ぐな線を引き、遠慮なしの勢いがあって闊達《かったつ》である。

くらべて見れば、むしろ、光秀の字のほうが、ぎこちないくらいである。流麗を気取っているせいか、書状をしたためると、筆のよどみが我ながら気になる。

信長の感状を掛けて茶を喫していると、いつも、主人に叱咤《しった》激励されている気持ちになる。身とこころが引き締まり、あらたな闘志が湧き上がってくるのを感じるのである――。

ただ、それは以前のことで、今日は、どうにも違うふうに見えてしまう。

あのとき、河内でいっしょに戦った佐久間は、信長から嫌われ、すべてを剝奪《はくだつ》されて一人の供や馬さえ許されず、高野山に追放されてしまった。

佐久間は、けっして無能でも怠慢でもなかった。いささか茶の湯に耽《ふけ》り過ぎたきらいはあるにしても、身ひとつにして追放するほどの失態があったとは思えない。

たしかに、佐久間は石山本願寺攻めの総責任者であったから、門徒衆が退去した直後に、全山の伽藍《がらん》が焼け落ちてしまったことの責めは負わなければなるまい。

しかし、あれは、誰が責任者であったにせよ、防ぎ得なかった事態である。門徒たちは、信長に伽藍をわたすつもりなど、最初《はな》からなかったということだ。それを叱責されては立つ瀬がない。

——信長は、政《まつりごと》を恣《ほしいまま》にしている。

どうにも、そう考えざるを得ない。

あの男は、気分屋である。けっして厳格な規矩《きく》をもって、政を運営しているわけではない。

自分が天下人《てんかびと》となり幕府を開いたら、すべてを厳格に運営する。そうでなければ、人心の掌握はかなうまい。

そんな目で見れば、目の前に掛けてある当たり前の感状でさえ、思い上がりの強い勝手な文書に思えてくる。

——天下のことは、帝《みかど》に従わねばならない。

それが、この国のあるべき姿だ。

光秀は、おのが考えが、このところ、いつも落ち着く場所に着地するのをたしかめて安堵《あんど》した。いささかの迷いでもあれば、大事は成就するはずがない。

そんなことを考えていると、縁廊下を小姓がやってきた。

「京の本能寺から、使いが参りました」

「本能寺……、さて」

光秀は、首をかしげた。信長からではなく、本能寺からというのは、いったいなんの使者か。

「ただ一騎のみにて駆けて参りましたので、大手門の番頭《ばんがしら》が、寺の鑑札を見せよ、と申しましたが、ないとのこと。書状はあるのかとたずねても、これもないとのこと。殿にご伝言があって参ったとの由《よし》にございます。怪しい輩《やから》ではございますが、いかがいたしましょうか」

「ふむ」

なんの用かは分からぬが、とにかく会ってみなければなるまい。刺客なら、夜に忍び込んで寝首を掻《か》くだろう。

「庭に通せ」

命じると、しばらくして、萌葱色《もえぎいろ》の狩衣《かりぎぬ》に胴丸だけ着けた侍が、小姓のあとについてやってきた。

光秀は、その侍の顔に見覚えがあった。

近衛前久のそばに仕える青侍である。

青侍が庭に片膝《かたひざ》をつくと、光秀は小姓たちを下がらせた。前久からの伝言なら、細心の注意を払わなければなるまい。

小姓たちがいなくなるのを待って、青侍が口を開いた。

「お伝えすべき儀がございます」

「申せ」

「本能寺は、本日、茶の湯にて候」

あとを待ったが、つづく言葉はなかった。

「それだけか」

「さようでございます。本日、本能寺は、茶の湯にて候――。そうお伝えするように言われて参りました」

ほかに伝言はないという。

「分かったと伝えてくれ」

「お伝えいたします」

立ち上がった青侍に、光秀はたずねた。

「そのほうが京を発《た》ったのは、何刻《なんどき》かな」

「未《ひつじ》の刻（午後二時）にございます」

「ふむ」

ならば、半刻で懸命に老《おい》ノ坂を駆け上ってきたことになる。前久に急げと言われてきたのだろう。

「ご苦労だった」

ねぎらうと、青侍が深く辞儀をして引き下がった。

書院の縁側に一人残った光秀は、空を見上げた。

雲はまだ多いが、西の空が明るい。青空から日が射している。雨はもう降りそうにない。

じつは、つい半刻前、京に放っておいた細作《さいさく》の一人が駆け戻ってきていた。

「本日は、本能寺にて茶の湯。公卿《くぎょう》衆が四十人ばかり参集しております」

まったく同じ情報を、光秀は、すでに手にしていたのである。

じつは、それでも、まだ、踏み切るべきかどうか迷っていた。

やるなら、今夜しかないことは分かりきっている。明日になったら、信長は大坂に行ってしまうかもしれない。

しかし、とてつもない大事である。最終的な決断は、慎重のうえにも慎重を期さねばならない。

そこに、近衛前久からの使者である。

これはもう、決めるしかあるまい。

「今夜だ……」

声に出して、つぶやいてみた。これからなそうとしている大事を、夢想ではなく、現実のものとして嚙《か》みしめてみたのである。

「今夜しかない」

はっきりと口にすると、腹が決まった。

小姓に命じて、娘婿の左馬助秀満《さまのすけひでみつ》と一族衆の明智次右衛門《じえもん》、家老格の斎藤利三《さいとうとしみつ》を呼んでくるように伝えた。

まずあらわれたのは紺色の直垂《ひたたれ》を着た斎藤だった。

斎藤と天気が崩れるかどうかについて話していると、つぎに次右衛門が来て、秀満があらわれた。

ならんですわった三人の顔を、光秀は、一人ずつゆっくりと見すえてから口を開いた。

「天気はもちそうだ。今夜、子《ね》の刻（午前零時）に出陣する。その旨、全軍に触れを出してくれ」

「子の刻でござるか……」

斎藤利三が首をかしげた。

「備中に向かうのなら、長い軍旅となりまする。夜が明けてからの出立のほうが旅程がかせぎやすいのではござらぬか」

もっともな意見をのべた。

備中までは五十里余り。大軍勢の移動である。急いでも、五日では難しい。最初からへんな行程をつくれば、あとの進軍がもたつくに決まっている。

「じつはな、夜明けに京に行き、本能寺にて上様に閲兵していただく。それからの出陣とするゆえ、子の刻でなければならぬ」

「なるほど」

納得したようすではなかったが、斎藤利三はそれ以上反論も質問もしなかった。

秀満は、黙って光秀を見すえていた。粘りつく光が目にあったが、なにも言わなかった。

「いよいよだな。このたびは、楽な戦《いくさ》であってほしいもの」

叔父《おじ》で丹波八上《やがみ》城主の明智次右衛門がいった。

「次右衛門らしからぬことばを聞いた。これまで何百遍と合戦に出たが、楽な戦などいちどもなかったではありませぬか」

光秀は磊落《らいらく》に笑ってみせた。

「たしかにそのとおりじゃ」

次右衛門も笑ってうなずいた。

秀満が、小姓に命じて母衣武者《ほろむしゃ》を庭に集めさせた。伝令の使番《つかいばん》たちである。

赤い母衣を背負った武者が十人、庭に集まった。武者たちに向かって、光秀は口を開いた。

「出陣は子の刻。戌《いぬ》の刻（午後八時）に、評定《ひょうじょう》と出陣式をおこなうゆえ、侍大将は大広間に集まれと伝えよ」

すべての陣営に、そう触れてまわるように命じた。

それから、台所方を呼び、あるだけの酒を各陣営に届けるように命じた。

たちまち、法螺貝《ほらがい》が吹き鳴らされ、城内がにわかにざわめき立った。

二

日が沈んで、空が濃い藍色《あいいろ》に染まったころ、亀山の城に、おびただしい篝火《かがりび》が焚《た》かれた。

雲はずいぶん少なくなって、西の空には宵の明星がまたたいている。

城の内外にいる一万三千の将兵は、総大将明智光秀から、酒肴《しゅこう》のふるまいを受けた。たくさんの酒甕《さかがめ》が陣営にとどき、兵卒たちが、陽気に歌い始めた。

「ほどほどにしておけよ。呑《の》んだら、ぐっと寝て、夜中に出陣するゆえにな」

侍大将が戒めたが、もとより、大軍の兵たちにそれほどたくさんの酒がゆきわたるわけではなかった。一人せいぜい一椀《わん》か二椀の酒では、酔いも浅いにきまっていた。

それでも、兵たちは沸き立っている。

備中の秀吉の援軍に行くなら、勝ち戦が見えている。楽に勝てる戦だと思えば、兵は沸き立つ。

光秀は、本丸に建つ三層の天守望楼に立って、城内の篝火を眺めた。

闇空にひびく歌声に、快活な力を感じた。

——勝てる。

合戦に兵を用いるには、なによりも兵の士気が高くなければならない。いくら万に余る兵がいたところで、勢いがなければ勝ちは得られない。

いま、光秀の兵たちは、いかにも活力に溢《あふ》れている。どんな敵にでも果敢に立ち向かってくれるだろう。

ただし、それは、敵が毛利や西国の武将たちである場合だ。

自分たちの本当の敵を知ったら、なんとするか——。

その不安はどうしても拭《ぬぐ》えない。

——直前まで、なにも言わぬことだ。

些事《さじ》を知らせても、兵は混乱するばかりだ。本当の敵を知らせるのは、ぎりぎりにするべきだ。

ただし、宿老や侍大将たちは、そうはいかない。出陣式のときに理を尽くして話し、得心させねばならない。

階《きざはし》を登ってくる足音がした。

呼んでおいた秀満にちがいない。

「左馬助、参りました」

「おうッ」

光秀は、ふり返らずに答えた。しばらく外を眺めたまま、兵たちが歌う俗謡を聞いていていた。

「士気が高いな」

「たっぷり調練し、休息をとらせてありますゆえ。よい働きをしてくれましょう」

「そうあってもらいたいものだ」

ふり返ると、秀満が片膝をついていた。

「すわれ」

光秀は、直垂《ひたたれ》の袂《たもと》をさばいて、板の間に腰をおろした。

秀満が、向かい合って腰をおろした。

「今宵《こよい》の出陣のことだ」

光秀は、ことさらに軽い調子で切り出した。

「はっ」

むろん、そのこと以外に話などあろうはずがない。

「重大な儀がある」

まっすぐに秀満を見すえた。

「はっ」

秀満がかしこまって、頭を下げた。すくい上げるように、こちらを見ている。

「さきに愛宕山で話したように、密勅が下っておる」

「うかがっております」

頭を下げたままの秀満が、ちいさく頷《うなず》いた。

「今宵、本能寺を攻める」

頭を上げた秀満の目が大きく開いている。まっすぐな眼差《まなざ》しで、こちらを見ている。黒目に灯明の火がゆれている。

「敵は、織田信長である」

くり返すと、秀満がくちびるを舐《な》めた。

信長討伐のことは、愛宕山で話して以来、三日のあいだ、敢《あ》えて、いっさい触れなかった。

そのあいだ、秀満は、何度もおのがうちで反芻《はんすう》したに違いない。

それでも、すっきり胃の腑《ふ》でこなれてくれるような下知《げち》ではない。やっかいな宿痾《しゆくあ》のごとくごつごつといつまでも腹のなかに残っていたはずである。

口元を固く結んだ秀満が、しばし宙を睨《にら》んでいた。また、くちびるを舐めてから、口を開いた。

「たしかに重大な儀でござるゆえ、間違いのないようにお訊《たず》ねいたします。今宵、我らが手兵《しゅへい》の向かう先は、中国路ではなく、京の本能寺。そこにおわす我らが主君織田信長殿を攻めよとの仰せに相違ござらぬか」

「そうだ。そう言うた」

ゆっくりと答えると、秀満もゆっくり頷いた。

「かしこまった」

いまいちど頷いてから、秀満がたずねた。

「されば、信長めを生かして捕らえまするか、殺しまするか」

反論でもされるかと思ったが、秀満は、よけいなことを一切いわなかったし、訊ねなかった。

「首にして見せよ」

「承知つかまつった。先般、お言葉をうかがってから、正直なところ、一睡もできぬ夜が続いておりました」

「であったか」

他人《ひと》ごととして答えたが、それは光秀も同じだった。近江坂本の城で近衛前久から密勅を受けてからというもの、いかにすれば大事を成就できるのか、知恵のかぎりをさんざん巡らせていた。そのため、いつも頭が熱を帯び、眠りが浅い。

「しかし、殿がお決めになったかぎりは、わが命に代えても、信長めを討ち取りましょうぞ」

「よくぞ申した。出陣の式で、宿老《おとな》たちにその儀を伝える」

「承知つかまつった。しかし……」

秀満がくちびるをわずかにゆがめた。精悍《せいかん》で端整な顔だちの男だけに、それだけの仕種《しぐさ》が、いかにも大層な印象をあたえる。

「反対の者がいれば、なんとなさいまするか」

そのことは、光秀も案じていた。いや、なにより案じていたのは、そのことだ。

「勅命じゃ。反対などされてたまるものか」

「むろんさようでござろうが、節刀《せっとう》は、御下賜《かし》されましたか」

「ここにある」

光秀は、脇に置いてあった袋を手に取ると、紐《ひも》をほどいて太刀を取り出した。前久から授かった金梨子地《きんなしじ》の太刀の飾り金具が、この城で見るとひときわ輝いて見える。

両手をついた秀満が太刀に頭を下げた。そのまま動かない。

「承知つかまつりました」

「勅《みことのり》を宣《の》る」

「はっ」

「ときは今天《あめ》が下《した》しる五月《さつき》哉《かな》」

朗ずると、秀満がさらにかたまって、ぴくりとも動かなくなった。

「見事な御製《ぎょせい》の発句《ほっく》と感じ入った。あとの句を付けるのが、我らの仕事である」

「しかと承りました」

秀満が、床に額をつけて頭を下げた。

三

戌の刻になって、本丸屋形の大広間に重鎮や侍大将たちが集まった。広間の正面には、陰陽師《おんみょうじ》の徳玄法師がしつらえた祭壇ができ上がっている。酒の瓶子《へいじ》と幣《ぬさ》を供えただけの白木の机だが、それでも厳粛な空気がかもされる。

みな、すでに臑当《すねあ》てから、佩楯《はいだて》、胴、袖《そで》、喉輪《のどわ》まで具足を着け、真新しい草鞋《わらじ》をはいている。

頭は髷《まげ》を解いて烏帽子《えぼし》を被《かぶ》っているので、あとは兜《かぶと》さえ被れば、いつでも出陣できる姿である。

準備は万端ととのったようだ。むろん、各部隊の準備が抜かりないことは、母衣武者たちから報告を受けている。

広間の隅には、馬廻《うままわり》の侍たちが控えている。必勝を祈願する杯ごとの準備もすべて整っている。

光秀は広間に出ると、祭壇の前にすえた床几《しょうぎ》に腰をおろした。光秀の左右には、すでに、明智家五宿老の明智左馬助秀満、明智次右衛門光忠《みつただ》、斎藤利三、藤田伝五行政、溝尾庄兵衛茂朝《しげとも》らをはじめ、主な一族衆と譜代衆、徳玄法師らが居並んでいる。

広間には、こちらを向いて、侍大将たちがすわっている。

「今宵の出陣に先立って、申しておくことがある。こころして聞くがよい」

一同が、頭を下げた。我が声が、ことのほか厳粛に響いたので、光秀は気分がよかった。

「これから、京に向かう。四条坊門西洞院本能寺に行き、お屋形《やかた》様の閲兵を受ける」

と、そこで、いったん言葉を切った。

「承知つかまつった」

一番前の真ん中にすわっていた侍大将が、大声を張り上げた。みなを代表しているつもりだろう。

「兵には、そう告げよ。ただし、それは、味方を欺くための詐術である」

光秀は、広間を眺め回した。案の定、一同がざわめいている。

「これから大事を告げる」

厳粛に言いわたすと、一同が静まった。

「われらは、今宵、内裏《だいり》におわします帝の勅命により、織田信長めを弑《しい》し奉る。されば、これは謀叛《むほん》にあらず、朝命なり」

一同が息を呑《の》んだ。光秀は、よりいっそう大きな声を張り上げた。

「織田信長めは、かたちこそ朝廷を敬い奉るそぶりを見せながら、そのじつ、非道にも、朝廷と帝をなきものにせんとたくらんでおる。その罪状明白なれば、帝は、この光秀に節刀を授け賜い、密勅を下しおかれた」

光秀が手で合図をすると、秀満が立ち上がった。手にしていた太刀を両手で捧げ、一同に示した。

「皆もよく承知のように、平安の御世《みよ》、坂上田村麻呂《さかのうえのたむらまろ》が、桓武《かんむ》帝より節刀を授かって蝦夷《えみし》を平定して以来、朝廷にまつろわぬ輩《やから》を討伐するには、節刀を授かるならいになっておる。このたびの合戦、けっして、わが謀叛ではない。帝の大命と心得、粛々と討伐に向かってもらいたい。よいな」

朗々と秀満の声が響きわたった。

だれもひと言も発しなかった。なにを口にしてよいのか、分からぬからであろう。

「めざすは、ただ信長の首ひとつ。細作からの報告によれば、本能寺には、馬廻の衆がせいぜい百人。妙覚寺には、信忠と手勢が五百おるが、寝込みを襲えばなにほどのことはなく首が取れる」

光秀が言い終わると、秀満が節刀を光秀に捧げた。受け取った光秀は、小姓に手伝わせて、節刀の緒を腰に結んで佩《は》いた。

こんどは、秀満がよく通る声を上げた。

「京までの行軍は、二隊に分かれ、本隊は老ノ坂を下り、本能寺をめざす。分隊は唐櫃越《からとごえ》から二条の妙覚寺をめざす。本隊の指揮は総大将明智日向守殿。分隊はそれがしが執らせていただく。分隊の侍大将の名を呼ぶ。呼ばれなんだ者は、本隊だ」

唐櫃越は、老ノ坂のすこし北の山中を通る路《みち》だ。そもそも、丹波街道の本道である老ノ坂自体が、狭い谷道なので、大軍勢が通ろうとすれば、どうしても時間がかかってしまう。二隊に分けるのが賢明だ。

秀満が、それから何人かの大将の名を呼んだ。彼らを集めて、行軍の順番や、妙覚寺を取り囲む陣形を打ち合わせている。

畳みかけるように評定を進めるべしと、さきほど相談をまとめておいた。

本隊の将たちに、光秀は、行軍の順を指示し、本能寺のどの方面から囲ませるか、段取りをつけた。

「これだけの人数で囲むのだ。蟻の這《は》い出る隙もない」

「まこと、討ち損ずる心配はございますまい」

宿老の藤田伝五がうなずいた。

「しかし、くれぐれも油断してはならぬ。なによりの懸念は、討伐の儀が、さきに洛中《らくちゅう》に伝わること。逃げ足の速い信長ゆえに、危険を察知すれば、一目散に遁走《とんそう》するであろう」

「そのこと、いつ兵に知らせましょうや。早すぎれば、先駆けて知らせに走る者がおるやもしれず、また、あまり遅くなりましては、兵の端々にまで伝わらぬ懸念があり申す」

伝五が首をかしげた。

「桂川《かつらがわ》を渡る前がよかろう」

考えていたとおりの答えを、光秀は述べた。そこからなら、さして時間がかからず洛中まで駆けつけられる。

「川の手前で全軍をいったん止めて指令し、橋を渡ってから一気に兵を駆けさせせよ。そのまま京になだれ込み、本能寺、妙覚寺を囲めばし損じはあるまい」

「なるほど。それならばちょうどよかろう。いまからの出陣なら、そのころにちょうど夜が明けようぞ」

伝五がしきりとうなずいた。

本隊の配置を指示していると、一人だけ顔を曇らせている将がいた。

山城衆の佐竹出羽守である。六十がらみの男で、山城の国でも北の丹波にちかい僻地《へきち》の地侍《じざむらい》である。引き連れてきたのは、せいぜい三百人ばかりか。

「なにか、気にかかるな」

光秀が腰に佩いた太刀を眺め、しきりと首をかしげている。

「なにが、気にかかるというのだ」

「いや、どこがというわけではないが、なにか腑《ふ》に落ちぬ」

「勅命じゃ。腑に落ちるも落ちぬもないわ」

光秀が言ったが、それでも佐竹は納得せず首をかしげている。

「おかしい。この話は、なにかがみょうじゃ」

「まだ言うか」

「申します。なんとも面妖《めんよう》な勅命と存ずる。なにか、裏の話がありはしませぬか」

聞いていて、光秀は苛立《いらだ》った。立ち上がると、節刀を引き抜いて、大上段に振りかぶり、そのまま真っ直ぐ打ち下ろした。

すわりながら後《あと》ずさった佐竹の烏帽子のところで、刃先をぴたりと止めた。

烏帽子の先が切れているが、頭にまでは届いていない。佐竹は身を震わせ、顔を青くしている。

「節刀に従わぬとあらば、朝敵だ。まずは、そのほうから成敗してくれる」

いまいちど節刀を振り上げて睨みつけると、佐竹が平伏した。

「失礼つかまつりました。それがしには、なんの叛意もございませぬ。ただただ主《あるじ》日向守殿のご意向に従うまで」

神妙な顔つきで言ったので、それ以上は問わぬことにした。

「杯のしたくをしろ」

気をきかせた秀満が、声を張り上げた。

光秀が床几に腰をおろすと、馬廻の侍が折敷《おしき》を捧げてきて、前の小机に置いた。

三枚の皿に、それぞれ、打ち鮑《あわび》、搗《か》ち栗、昆布《こんぶ》がのっている。光秀は、まず細長い打ち鮑の一切れを口にした。叩《たた》き延ばして干した鮑は硬く、とても味などしないが、作法通り、広いほうから半分食べ、残りを尾のほうから食べた。

土器《かわらけ》の杯を手にとると、侍が酒を注《つ》ぎにきた。柄《え》の付いた銚子《ちょうし》で、すこしずつ三度に分けて注いだ。

つぎに搗ち栗を食べて二献目を飲み、昆布を食べて、三献目を飲んだ。それぞれ三度に分けて酒を注いだので、めでたい三三九度となる。肴《さかな》も、打って、勝って、喜ぶの順である。

つぎに秀満、明智次右衛門、斎藤利三ら宿老たちがそれぞれ杯を取り、杯ごとは終わった。

光秀は、祭壇に向かって願文を読み上げた。

敬《うやま》って白《もう》す。それ愛宕権現は、天下の霊験なり。……

から始まる願文は、徳玄法師が書いたものだ。勅命によって主である信長を討つことになるが、われに加護をあたえたまえとの祈りの文である。

読み終えると願文を畳んで、鏑矢《かぶらや》に結びつけた。

馬廻の一人にそれをわたした。

「愛宕権現に奉納してくれ」

むろん願文だけでなく、大判を十枚持たせて奉納する。

受け取った馬廻の侍が、それをしっかり甲冑《かっちゅう》の胴にしまって一礼し、駆け出した。

その場で見送った光秀は、獅嚙《しがみ》の前立てをつけた十六間の筋兜をかぶると、あごの下で赤い緒を強く結んだ。

腰に拝領した節刀を佩《は》いた。

金房の采配《さいはい》を手にすると、思い切り大きな声を張り上げた。

「いざ、本能寺へ」

夜の闇を引き裂くほどの声に、一座の将たちが強い調子で答えた。

「いざやッ」

一同の声は、亀山盆地の深い夜の闇に吸い込まれた。

天正十年六月一日
京　本能寺

襲撃　織田信長

一

——食えぬ連中だ。

織田信長は、座所上段の間で、奥歯を噛《か》みしめた。頭の芯《しん》がずきずき痛む。もたれている脇息《きようそく》をつかんで投げつけてやろうかと思うほど、激昂《げつこう》している。

ついいましがたまで、この広間に公卿《くぎよう》たちがいた。

まだ、表の車寄せで、輿《こし》をかつぐ雑人《ぞうにん》たちの騒ぐ声が聞こえている。

痛みに耐えるように、信長は瞼《まぶた》を閉ざした。身じろぎひとつしなかった。

——やつらが、この国の元凶だ。

ゆっくりと呼吸をととのえ、血を沸騰させるほどの苛立《いらだ》ちを抑えた。

やがて、外の喧騒《けんそう》がおさまると、本能寺の伽藍《がらん》に静寂がおとずれた。

目の前に、広い座敷がある。

今日は、ここに公卿たちを集め、名物茶道具をおしげもなくならべて茶の湯をもよおした。

そのあと、かねてからの懸案事項をもちだした。

——朝廷でも三島の暦を使うべし。

信長のその要請に、公卿たちは色よい返事をしなかった。のらりくらりとかわし続けた。

そのくせ、信長に、なにか官位に就いてくれとしきりと懇願した。関白でも、太政大臣でも、あるいは征夷《せいい》大将軍でもかまわぬから、とにもかくにも官位に就いてくれと頭を下げた。

信長は激昂した。

公卿たちは平伏したが、それでも暦についてはっきりした言辞は残さなかった。

ますます歯がゆさがつのった。

――まったくもって。

食えぬ連中だと、苛立つばかりだ。

官位に就くことは、とどのつまり、帝《みかど》の臣となることだ。

――わしが、なぜ朝廷ごときの下風《かふう》に立たねばならん。

不愉快で、腹立たしいことこの上ない。頭の芯の痛みが、さらにつのってくる。

梅雨のことで湿気が多い。洛中《らくちゅう》は風もそよがぬから、障子を開け放していても蒸し暑い。

そろそろ日が暮れる。

黄昏《たそがれ》の光が、広間をおぼろな黄色に染めている。

夢とも現《うつつ》ともつかぬ摩訶《まか》不思議な逢魔《おうま》が時の光である。

――この世は、夢か。

四十九年生きて、合戦に明け暮れてきた。来年はもう五十である。

わが覇業は、尾張から始まり、美濃、近江、そして畿内《きない》全域を治めるにいたった。ここから大坂に移れば、覇業はなお躍進するであろう。

しかし――。

時間がない。

なろうことなら、中国から九州に兵を進め、さらには海を渡って、朝鮮、明国へ攻め入って、中原《ちゆうげん》に鹿を逐《お》いたい。それが、信長のなによりの野心である。その大望のために、戦いの日を積み重ねてきた。

海を渡るには、まだ西国の大名たちを降伏させなければならない。

それだけの時間が、わが人生に残されているかどうか――。

老い衰えては、覇業はたちゆかぬ。これから明国に攻め入ることを算段するなら、大和六十六州などは、もうとっくに全土を席捲《せっけん》していなければならないのだ。

それが、たかが暦ひとつさえ、思うにまかせぬとは、腹立たしいことこの上ない。

公卿連中が、のらりくらりと言を左右にするのは、むろん、あの頑固な正親町帝《おおぎまちのみかど》がいるからだ。

あの帝がいるからこそ、各地の武将どもは連合し、いつまでも信長に降伏しない。

諸悪の根源は、帝である。

——いっそ、ひと思いに。

という思いがむくむく湧いてきた。

目障りな帝を、一気に取り除いてしまおう、と考えたのである。

「信忠を呼べ」

縁側で控えている乱丸に命じた。

乱丸がすぐに返事をして立ち上がった。

まもなく、別室にいた信忠があらわれた。両手をついて平伏してい
る。

「参上いたしました」

「近う寄れ」

信長は、手にした扇で、上段の間の自分のすぐ脇をさした。

信忠が、信長のすぐ隣にすわった。二十六歳の信忠は、日焼けして
頼もしい顔立ちをしている。

「こころして聞け」

「はっ」

「いまから兵を出して内裏《だいり》を襲撃せよ」

「…………」

「帝の息の根を止めてこい」

「…………」

「おまえの兵のうち、三百人率いて行け。すぐに行け」

二条の妙覚寺に信忠の五百の兵が駐屯している。帝のいる内裏には、わずかな衛士《えじ》しかいないし、防塁というほどのものもない。門を押し破り、帝一人を殺すなら、それくらいの人数で充分だ。

信忠が、両手をついて平伏した。

「恐れながら、帝討伐の大義はなんでございましょうか」

「なんだと」

信長は、わが嫡男を見すえた。

大勢いる息子たちのなかでも、生駒の吉乃に産ませた嫡男信忠には、武将としていくばくかの才覚を認めている。意見は意見として聞くだけの耳が信長にあった。

「内裏を襲撃し、帝を討つのはやぶさかではございませぬ」

「ならば、すぐに行け」

「行きまする。ただ、大義をお教えくださいませ。大義がなければ、織田家が世間から誇《そし》られ、禍根を残すこととなりましょう」

「ふむ」

信長は、あごを撫《な》でて考えた。

「大義か……」

たしかに、相手が帝となれば、それなりの大義が必要である。

「わしに逆ろうた罪じゃ」

両手をついたまま、信忠が首をかしげた。

「それでは、世間が納得いたしませぬ」

「……であるか」

内裏のことは、やっかいだ。いささかでも綻《ほころ》びがあってはならない。

「毛利と手を結んで、わが命を狙うておる……、と言うがよい」

「動かぬ証拠でもありまするか」

「ない。あることにせよ」

「それでは、公卿衆が納得いたしませぬ」

「ふん。みな、殺してしまえばよい。あんな輩《やから》、生きておってても日の本のためにはならんわい」

「お気持ちは、よく分かりまするが、内裏のことは、なによりの禁忌。殲滅《せんめつ》するとなれば、誰もがうなずく大義が必要でございましょう」

言われて、信長はさらに苛立った。

苛立って、なお過激になった。

「わしが京におってさえ、公卿連中は、わしの言うことを聞かぬ。いっそのこと、一同を内裏に押し込め、火を放つがよい……」

その想像が、信長のこころをいたく刺激した。大義など、所詮《しょせん》、勝ち残った者が、あとからもっともらしく考えればいいことだ。

「しかし……」

　ほかの者が口答えしたなら、信長は許さなかったであろう。嫡男の信忠の言は、さすがに聞くつもりがある。

「存念を申せ」

「お気持ちは、ようよう分かりまする。されど、その儀ばかりはお止めくださいませ。禍根が残りまする」

　信忠がすがりつく目で懇願した。

「公卿の端まで焼き殺してしまえば、なんの恨みも残るものか。よしんば残ったところで、なにができる連中でもない」

　結局、信忠の言に、信長は耳を貸さなかった。

「明日、伝奏《てんそう》を呼んで、わしが参内するゆえ、公卿どもを集めよといえ」

「参内なさいまするか」

「すると伝えよ。公卿どもが集まったところを兵で囲み、火を放つ。それよ、それがよい」

信長は、おのが計画に酔いしれた。

「…………」

「すべて焼き払うたのち、織田家に異心あるがゆえに断罪したる也《なり》、と高札《こうさつ》を立てる。それで終わりじゃ」

「されど……」

「この国は変わるぞ。なんの力もないくせに権威ばかり振りかざす帝や公卿が消えれば、毛利も、長宗我部も、上杉も、みな恐れ入ってわしに服従する。その者たちを引き連れて、大陸に渡り、中原を席捲する」

信長は、わが宣言の力強さに陶然とした。

「…………」

信忠は、両手をついたまま、眉間《みけん》に深い皺《しわ》を寄せ、下唇を強く噛《か》みしめている。

「われながら、よい思案じゃ」

口に出してつぶやいた。信長の頭の芯の痛みはすっかり消えていた。

二

信忠が妙覚寺に引き上げると、信長は湯殿《ゆどの》で汗を流した。

蒸し暑い日だっただけに、汗を流すと、ひときわさっぱりした。

湯殿から出て、夜空を眺めた。

月はない。雲はあるが、星が瞬いている。

夜風は、さすがに気持ちがよかった。

信長は、小姓や馬廻衆《うままわりしゅう》を広間に集めて、ねぎらいの言葉をかけた。

「皆の者、今日は、ご苦労であったな。公卿どもが相手では、勝手が違ってやりにくかったであろう」

「ありがたきお言葉。勝手も違いましたが、公卿どもの、のらりくらりの鯰《なまず》ぶり、心底腹立たしいかぎりでございました」

乱丸が、平伏して答えた。

「その腹立たしさも、もう辛抱せずともよい。すぐに消えてなくなる」

「と、おっしゃいますと……」

「わが胸中に、よい算段がある。明日、この国を変える。楽しみにしておれ」

信長の言葉に、一同が沸き立った。

「さて、いかなる国となりまするか」

「それよ。お乱ならば、いかな国をつくるか」

「わたくしならば、まずは国を富ませまする。商人《あきうど》を大勢召し抱え、各地の産物を売り買いさせまする」

「なるほど」

「大坂に城を築きましたら、船をたくさん建造させまする。その船で、朝鮮、明国はもとより、天竺、南蛮まで交易いたしますれば、大いに富み栄えましょう」

「よい思案だ」

信長は、うなずいた。それは、信長がかねて語っている壮大な計画である。

みなが、その具体的な方策について存念を述べ、語り合った。

夕餉《ゆうげ》の膳《ぜん》をはこばせ、一同で食した。

飯と味噌《みそ》の汁に、菜は尾張風の鮒《ふな》味噌と茄子《なす》の漬け物である。

鮒味噌は、はらわたと鱗《うろこ》を取った鮒を焼いてから、大豆とともに八丁味噌で煮た料理だ。しょうがを効かせてあるので、風味がよい。京風の味の薄い料理より、信長の腹にはこのほうがずっと落ち着く。

飯を三膳食べた。箸《はし》を置いて、一同を見まわした。

「今日、思いがひとつ吹っ切れた。一同も、明日は、この国を変える思いで励むがよい」

詳しいことには触れず、それだけ言って寝所に入った。

蚊帳《かや》に入り、褥《しとね》に横になった。

疲れていたが、頭は冴《さ》えている。

いつになく、さまざまな思いが、脳裏を駆けめぐった。

尾張の川原で印地《いんじ》打ちをした少年の日々。

岳父斎藤道三との出会い。

今川義元の首を打った田楽狭間《でんがくはざま》。

足利義昭を奉じての上洛。

思い返せば、合戦につぐ合戦の日々だった。よくぞ勝ちぬいて生き残ったものだ。

勝てばこそ、鷹狩《たかがり》、茶の湯、女たちとの秘め事が愉《たの》しめる。

この天下には、あまたのよろこびが満ち溢《あふ》れている。

武を布《し》くことによって、それを、ひとつずつ摑《つか》んできた。

さらに、もっと大きなものを手に入れたい。

まだ見ぬ朝鮮、明国、天竺、南蛮。軍勢を従え、船出したら、どれほど愉快なことか。

思いは無辺の世界に、果てしなく大きく広がってゆく。

世界の地図を思い描いているうちに、眠りに落ちた。船に乗って、大洋を航海している夢を見た。

波を切って船が進んでいくと、海原に海坊主があらわれた。信長は、槍《やり》で突いて退治した。つぎに巨大な龍があらわれた。鉄炮《てつぽう》で撃って追い払った。さまざまな妖怪《ようかい》変化が襲いかかってきたが、すべて撃退した。

ふと、目が覚めた。

すでに真夜中を過ぎているらしい。喉《のど》が渇いている。

「水を持て」

隣室に控えているはずの、小姓に命じた。

「かしこまりました」

乱丸の声だった。

すぐに、碗《わん》を運んできた。起き上がって飲むと、冷たく喉が潤った。

しばらく横になっていたが、目が冴えて、眠れなくなってしまった。

女の肌に触れたくなった。

「あ、あこここを呼べ」

乱丸に命じた。

あこここは、公家《くげ》の三条西家の娘である。

去年の春、内裏の馬場で馬揃えをしたときに見初め、側室に迎えた。

いかにも公家の娘らしく、おだやかな顔立ちをした女で、閨《ねや》でも、楚々《そそ》としたしぐさが、信長を魅了していた。女たちは、何人か連れてきている。今夜は、あこここがよい。

ややあって衣擦《きぬず》れの音が聞こえた。

蚊帳の外に、白絹を着たあこここが、平伏している。

「入れ」

信長は、蚊帳を持ち上げてやった。

枕を持って入ってきたあここを抱き寄せると、すぐに白絹を脱がした。

かたちのよい乳房があらわになった。

灯明の淡い光に、あここの白い裸身がなやましい。

じぶんも湯帷子《ゆかたびら》を脱ぎ、肌をかさねた。あここの肌のなめらかさは絶品である。

柔らかい肌をむさぼり、隠し所をまさぐって、あここの麗しい声を聞いた。むせび泣く声が、なんともせつなげだ。

女は、声だ――と信長は思っている。声のよい女にこそ、血が昂《たかぶ》る。

さらに指をうごかし、あここを囀《さえず》らせた。

――…………。

なにかが、いつもと違った。

信長は、反応しなかった。

昼間のいらだちの根が、からだの芯にこびりついているのかもしれない。

――おかしい。

小さな違和を覚えた。今宵《こよい》の星辰《せいしん》の運び、天地の陰陽と、わが肉体のあわいに齟齬《そご》がある。

半身を起こして、褥《しとね》にあぐらをかいた。思いをめぐらせた。

なにが、おかしいのか。なにに違和を感じているのか――。

すぐには分からない。

毛利との戦況か、北陸の布陣か、四国征伐の人選か——。つねに石橋を叩《たた》いて渡るほど慎重に歩んできたが、合戦には必ずぎりぎりのせめぎ合いがある。どこからなにが崩れても、不思議はない。それが合戦だと、信長は肝に銘じている。

——なにが、居心地を悪くしているのか。

考えているうちに、二の腕が痒《かゆ》くなった。

掻《か》いているうちに、肩から首、首から背中まで痒みがひろがった。

裸のまま捨ておかれたあこが、怪訝《けげん》な顔で見上げている。

「背中を掻いてくれ」

あここに背中を掻かせ、自分でも腕を掻いた。ひどく痒い。

これと同じ痒みを感じたことがあった。あれは、いつだったか。どこだったか。

今川が攻めてきたときか――。

いや、そうではない。

いくつもの合戦を思い出しているうちに、信長は、膝《ひざ》を叩いた。

――金《かね》ケ《が》崎《さき》だ。

あのときは、命が危なかった。

越前の朝倉義景を攻めていたときだ。

夜半、母衣《ほろ》武者《むしゃ》が、寝所に駆け込んできて、北近江を領する浅井《あざい》長《なが》政《まさ》が離《り》叛《はん》したと告げた。

――まさか。

浅井は、信長の妹お市《いち》の嫁ぎ先で、同盟関係にあった。裏切りは、にわかには信じられない。

しかし、信長は、その日の宵の口から、なにか大きな違和を覚えていた。違和感は、痒みとなって、腕から肩、首筋、背中を襲っていた。

あのとき掻かせていたのは、どの女だったか。それとも小姓だったか。

——逃げるか。

まず、そう思った。

湯帷子を羽織って立ち上がると、蚊帳を出て縁側に立った。

「いかがなさいましたか」

乱丸が訊《たず》ねた。

「不審はないか」

「はて……」

首をかしげた乱丸が、すぐに立ち上がり、小走りになった。

「ようすを見てまいります」

「そうしろ」

「いまは何刻《なんどき》だ」

いっしょに駆け出そうとした力丸に訊ねた。

「そろそろ、丑《うし》の下刻（午前三時）かと」

信長はうなずいた。

逃げるとすれば、どちらに向かうか。やはり、安土の城に帰るのが得策か――。そんなことを考えていた。

「外に出てみましたが、異変はありません」

「ふむ」

信長はうなずいた。乱丸の力強い声に安堵《あんど》した。

――思い過ごしか。

首をひねった。疲れているに違いない。疲れているときは、思案も曇るものだ。

信長は蚊帳に入って、あここに、また背中を掻かせた。

夏のことだ。まもなく夜が明ける。

夜が明けたら、武家伝奏の勧修寺を呼びにやらせよう。参内《さんだい》する旨をわしから直々に伝えてやろう。

参内は、午《うま》の刻がよい。

そのときに、すべての公卿、いや、四位、五位の地下《じげ》官人《かんじん》までみんな集めるのだ。

兵で囲み、内裏に火を掛ける。京の各所に分宿している直属の旗本衆が三千はいる。それだけいれば充分だ。

それで、この国は大きく変わる。

自分でも二の腕を搔きながら、信長はうなずいた。

三

褥にすわって、あここに背中を搔かせていると、闇空に馬が嘶《いなな》いた。

人のざわめきも聞こえる。

「…………」

信長は、首をひねった。そろそろ夜が明ける。

今日は、日の本が生まれ変わる日だというのに、験《げん》の悪いものを感じた。

足軽たちが喧嘩《けんか》でもはじめたのかもしれない。

「なにごとだ」

「見て参ります」

乱丸、力丸、坊丸の三人が駆け出したのと同時に、門前で雄叫《おたけ》びが聞こえた。人の気配が、怒濤《どとう》のごとく押し寄せてくる。

――これか。

全身が総毛立っていた。痒みさえ、極限に達してもう感じない。

信長は、初めておのれの慢心を呪った。

なにかが起こったとすれば、それは、すべて信長に原因がある。

しかし、即座に気を取り直した。

どこかの軍勢が攻め寄せてきたのなら、逃げるか戦うか、すぐさま決めなければならない。

まずは、なにが起きたか確かめることだ。

信長は立ち上がると、あここに下帯を締めさせ、湯帷子を着た。

蚊帳から出て縁側に立つと、むこうの塀を乗り越えてくる足軽が見えた。

背中の旗印は桔梗《ききょう》である。

信長は、頭のなかが真っ白になった。もっともありえない事態が起こっている。

桔梗の旗印は、明智光秀の軍勢である。

――なぜ？

とは思わなかった。

目の前で起こっていることが、すべてである。

塀のむこうにも、本能寺の境内がひろがり、いくつもの塔頭《たっちゅう》がならんでいる。その方面から、人々の雄叫びが聞こえている。

光秀の軍勢は、南の大門を開いて、すでに寺内に入っているということだ。大門が開かれているなら、堀は用をなさない。

小姓と馬廻衆たちが、弓を取って、塀を乗り越えてくる足軽たちに射掛けた。

信長も弓を取り、こちらに駆けてくる足軽を三人倒した。

縁先まで迫ってきたので、弓を捨てた。

「槍を持てッ」

小姓が差し出した手槍を受け取り、縁に登ってきた足軽を突き伏せた。

乱丸が駆け戻ってきた。いつのまにか、長い太刀を背負っている。

「人数はどれほどだ」

「四方を囲まれております。明智め、総軍で攻め寄せております」

聞きながら、信長は、また足軽を突き伏せた。

空は淡く開け初めている。

「退《の》き口はあるか」

訊ねると、乱丸は口元をゆがめたまま、長巻《ながまき》ほどもある太刀を横薙《よこな》ぎにして、足軽の胴を払った。

「探しまする」
声に悲痛さが漲《みなぎ》っている。
――これまでか。
明智が総攻めしてきたとなれば、一万三千の兵だ。
本能寺にいる小姓や馬廻は、せいぜい百に余るほどに過ぎない。
――妙覚寺の信忠が、救援を寄越さぬか。
考えて、首をふった。
明智なら、妙覚寺も囲んでいるだろう。そんな手抜かりをする男ではない。
信長は、なんども自問した。
――逃げられぬか？

——生き延びるすべはないのか？

そう問うたびに、なぜか正親町帝の憎々しげな顔が浮かんだ。

——あの爺《じい》の策略にちがいない。

光秀が謀叛《むほん》におよぶなら、あの爺の使嗾《しそう》のほか考えられない。光秀は、自分で謀叛をたくらむ男ではないし、帝以外のだれに唆《そそのか》されても、動く男ではない。

——しくじった。

生まれて初めての、強い後悔を嚙みしめた。

「女たちを逃がしてやれ」

「かしこまった」

力丸が、大声を張り上げた。

まろぶように逃げていく女たちに、明智の足軽たちが立ちふさがったが、顔を見て、たしかに女だと分かると、逃がしてやっている。

まだ太刀を振るっている乱丸に命じた。

「館《やかた》に火を放て」

「承知ッ！」

火焔《かえん》に乗じて逃げる――。

それが最善だ。

――ここで死んでたまるものか。

その思いがむらむらとわき起こった。

死にたくはない。こんなところで死んでたまるか。これから帝を攻め滅ぼし、新しい国をつくるのだ。

御殿の座所に飛び込むと、信長は灯明を手に取り、障子に火を移した。
火は、またたくまに白い紙を燃やし、桟から鴨居《かもい》、欄間《らんま》に燃え移った。
炎が舌を延ばし、煙を上げている。
蚊帳にも火を放った。
乱丸が、むこうの障子を燃やしている。
たちまち、黒煙が広間に充満した。
そのまま奥に駆け込み、館の裏手に裸足《はだし》で飛び出した。
裏手は、掻き上げ土居《どい》に、竹が植えてある。そのむこうは、二間幅の堀だ。

竹の植え込みのすきまから、寺の外を見た。

――逃げ道はあるか……。

しらじらと明け始めた三条の辻《つじ》に、びっしりと松明《たいまつ》がならんでいる。おびただしい軍勢が、逃げ出てくる者はいないかと、待ち構えている。

――捕まってたまるか。

そのまま竹の植え込み沿いに西に走った。

西の油小路《あぶらのこうじ》にも、そのむこうの畑にもたくさんの軍勢がいてこちらを睨《にら》んでいる。

「…………」

信長は奥歯を噛みしめた。

なんとしても、逃げて生き延びたい。

――かならず方途がある。

信長は諦《あきら》めず、こんどは東の土居に向かって走った。

本能寺の東には、西洞院通りをはさんで、京都所司代村井貞勝の屋敷がある。

そこに逃げ込めれば、なんとかなる。

東に走って、土居の上から、むこうを見た。

村井屋敷の門前で、かなりの人数が激しく戦っている。胴丸をつけているのが、明智軍だ。人数が圧倒的に多い。こちらに逃げるのは無理だ。

遅れて、乱丸がそばにやってきた。

「四方すべて囲まれております」

「ふん」

信長は、鼻を鳴らし天を見上げた。

もしも天を飛翔《ひしょう》できれば、逃げおおせるものを——。念じたが、神ならぬ身では望むべくもないことであった。

館のわきから、大勢の足軽たちがあらわれた。

「いたぞ」

「信長だ」

叫んだ足軽を二人いっぺんに、乱丸が太刀で薙ぎ倒した。

もはや逃げ道はない。

ここに至れば、覚悟を決めるしかない。

「これまでだ。御殿に入って腹を切る。首を取られるな。屍《かばね》を渡すな」
「承知つかまつったッ」
乱丸がうなずいて、腰の脇指を差し出した。
信長は、御殿の隣にある台所に飛び込んだ。
台所を抜け、座所に入った。
火がすでに回って、畳まで燃えている。
信長は、すわると、湯帷子の前を開いて、腹をあらわにした。
脇指を抜くと、袂《たもと》で刃をくるんで握った。
しばし、眼前の炎を見ていた。
——ここまでか……。
しばらく考えて首をふった。

――いや、死んでたまるか。

立ち上がると、信長は火焔を睨んだ。となりの座敷は、すっかり火に包まれている。

――死ぬのではない。念となっても生き続けるのだ。

強く念じた。

死ぬつもりはない。どこまでも生きて、生き抜いて、覇業をまっとうするのだ。

思いを定めて立ち上がると、もっとも火焔の強いところに向かって悠然と火中を歩きだした。

炎が、信長の全身を包んだ。湯帷子に火が移った。

信長は、歩き続けた。

そよ風にでも吹かれている気持ちで、さらに火焰のなかを歩いて進んだ。

首級《しるし》

正親町帝

天正十年六月二日未明

京　内裏

一

　正親町方仁《おおぎまちみちひと》は、眠れぬ夜を過ごした。

　清涼殿の夜御殿《よんのおとど》に、屏風《びょうぶ》を立てめぐらせた内が、帝《みかど》の寝室である。朱色に黄や緑、青、紫などの横糸を織り込んだ繧繝錦《うんげんにしき》を縁《へり》にした厚《あつ》畳《だたみ》を二枚敷き、その上にさらに一枚の厚畳を敷いて、茵《しとね》がのべてある。

　ぜいたくな閨《ねや》に横になったまま、帝は天井の闇を睨《にら》み、深いため息をついた。

――朝廷を守らねばならぬ。

いまのうちに、信長を誅殺《ちゅうさつ》しておかなければ、あやつめ、ますます力をつけて、内裏《だいり》を潰《つぶ》しにかかってきおる。

そもそも、あやつがなんの官職にも就かぬというのがけしからん。

それはつまり、朝廷と帝の下風《かふう》には立たぬという意思の表明にほかならない。

この国でいちばん権威あるべきは朝廷である。

信長めは、それを根柢《こんてい》からくつがえし、おのれが、いちばんの高みに立たんとしておるのだ。

大逆の罪は、明々白々である。

いにしえの大宝《たいほう》、養老《ようろう》の律に規定されているとおり、反《へん》、すなわち、国家を危うくせんとする逆節の罪は、謀議をめぐらせただけでも、極刑の斬《ざん》に処する決まりである。

信長は、あきらかに国家の転覆を謀《はか》っている。

その罪は斬をもって償わせる以外にない。

それゆえに、前久に信長粛清を命じた。

討伐の人選は遅々として進まなかったが、ようやく惟任日向守、すなわち明智光秀をえらび、勅命を伝えたと聞いている。

あとは実行あるのみだ。

信長は、今宵《こよい》、本能寺にいる。

京を発《た》って大坂に行ってしまえば、石山本願寺の跡地に建てた仮屋敷に入る。

石山は、広大な丘陵で、まわりには馬廻衆《うままわりしゅう》をはじめとする数千人の精鋭が、陣を張って駐屯することになるだろう。明智が軍勢とともに密《ひそ》かに近づくことはできまい。

信長は今日の昼間、公卿《くぎょう》たちを集めて、茶の湯を催した。その名物道具の豊富さは、目を見張るばかりであったらしい。

茶の湯に出たあと、近衛前久が参内《さんだい》した。朕《ちん》のそばに寄って低声《こごえ》でつぶやいた。

「今宵」

朕はうなずいた。

「よい潮だ」

ころやよし、と思う。

日月星辰《じつげつせいしん》の運行には、満ち引きがある。

信長は、天文《てんぶん》三年の生まれだから、甲午《きのえうま》で木生火《もくしょうか》、すなわち木が燃えて火を生じる性である。

朕は、永正十四年丁丑《ひのとうし》で火生土《かしょうど》、すなわち火が燃えて土を生じる性である。

このところ、しきりと暦を繰《く》っているので諳《そら》んじてしまったが、夜が明けるまでの今宵のうちなら、丁亥《ひとのい》で「火性凶」と出ていた。いかにも土が火を抑えそうなめぐり合わせである。

やるなら、今夜のうちがよい。

「よもや、し損じることはあるまいな」

前久が首をかしげた。

「さて、小なりといえども合戦でございますれば、必ず、とは申せますまい」

「万全を期せ」

「明智ならば、ぬかりはなかろうと存じます」

「なかろう、ではいかん。必ずや手抜かりがあってはならん」

「御意」

前久が頭を下げた。

「もし、し損じたら、どうする。いや、内裏はどうなる」

「し損じぬよう、祈るしかありますまい」

前久はそう答えたのだった。

もしも討ち損じたうえで、誅殺を命じたのが朝廷であると知れたら、信長はすぐさまこの内裏を焼き払うであろう。むろん朕をはじめ、女房たちや公卿連中もともに焼き殺されるに違いない。その惨状を思い浮かべ、身の毛がよだった。

――逃げるか。

茵《しとね》に上半身を起こすと、朕はわが手を見つめた。

夜御殿の四隅には、灯籠《とうろう》が灯《とも》してある。その明かりで、屛風の内はほのかに明るい。

もとより、武芸などには通じぬ手である。せいぜいが筆を執り、歌をしたためるくらいしか役に立たぬ。

それでも、おのれの手を見つめていれば、そこはかとなく力が湧いてくるのを感じた。

――逃げても詮《せん》ない。

信長は執拗《しつよう》だ。どうせ逃げきれまい。それならば、ここに立て籠《こ》もり、信長の家来を一人でも殺してから死のうと決めた。

「お目覚めにございまするか」

宿直《とのい》の舎人《とねり》が、襖《ふすま》をわずかに開けてたずねた。

「いかがした」

こちらから声をかけないかぎり、宿直の舎人が襖を開けることはない。よほどの事態が出来《しゅったい》したらしい。

「丹波口より、大勢の侍、足軽どもが京に駆け入ったとの知らせが届いております。本能寺に攻め掛かり、騒擾《そうじょう》しきりとのこと」

いよいよ始まったのだ。

ぎゅっと瞼《まぶた》を閉じて、強く念じた。

――なんとしても、討ち果たせ。

もしも討ち損じたら、勅命と知った信長は、たちまち兵をまとめて、ここに攻め寄せてくる。ここが地獄になる。

「いまは何刻《なんどき》か」

「寅《とら》の下刻（午前五時）にございます」

「夜は明けておるか」

「すでに白んでおります」

それならば、すでに日がかわって二日だ。暦は戊子《つちのえね》で「土性吉」とあった。朕の生まれ年の丑《うし》は土性だから朕にとって、悪い日ではない――。無理にでも、そう思うことにした。

――いま、なにをなすべきか。

できることは、ただひとつ。祈ることだけだ。

「沐浴《もくよく》のしたくをせよ」

「かしこまりました」

信長の粛清を命じてから、物忌みはつづけている。魚鳥を食さず、歌舞音曲《おんぎょく》を遠ざけている。国家百年、いや千年の高邁《こうまい》なる理想のために、身を潔斎して過ごしてきたのである。

湯殿で湯浴みをすませ、黄櫨染《こうろぜん》の袍《ほう》を着込んで冠をかぶり束帯姿に威儀を正すと、清涼殿の東庭に出た。

東南を向き、庭の白砂にひざまずいた。

はるか伊勢におわします朝廷の守り神を遥拝《ようはい》するのである。

「度会《わたらい》の宇治の五十鈴《いすず》の川上に大宮柱太敷《ふとし》き立て、高天原《たかまがはら》に千木高《ちぎたか》知《し》りて、称辞竟《たたえごとお》え奉る天照皇太神《あまてらすすめおほんかみ》の大前に……」

地に伏して祝詞《のりと》を唱え、天を拝んだ。

明けたばかりの東雲《しののめ》の空が、朝焼けで不気味に赤く見えている。

二

物見《ものみ》に出した衛士《えじ》が、清涼殿の庭に戻ってきた。

「本能寺が炎上しております」

清涼殿東庭の呉竹《くれたけ》の前に平伏した衛士が報告した。胴丸をつけた肩が激しく上下している。合戦を目のあたりにして興奮しているのだ。

「戦況はいかに」

「明智の軍が一方的に攻め込んだもよう。防戦はほとんどございませぬ」

「明智は、信長の首級《しるし》を得たのか」

そのことがなにより肝心なのだ。

「いえ、いまだしかとは分かりませぬ」

「確かめよ。そのこと確かめるまで戻ってくるな」

衛士は頭を下げると、また外に飛び出した。衛士のなかで気の利いた者を四、五人、物見に出してある。帝が京の騒擾を案じてのことだ。なんの問題もあるまい。

紫宸殿に行き、南庭《だんてい》から本能寺の方角を眺めた。

朝の縹色《はなだいろ》の空に、たしかに黒煙が上がっている。

「あの煙か」

舎人にたずねた。

「それらしゅうございます」

できれば、我が目で本能寺が炎上しているところを確かめたい。

――梯子《はしご》で屋根に登れぬものか……。

紫宸殿の大屋根は大きすぎて無理にしても、南の承明門《しょうめいもん》の屋根にでも登れば、下京《しもぎょう》くらいは見えるであろう。

「梯子を持てッ」

叫ぶと、舎人が走った。

ややあって戻ってきたが、二人して抱えてきたのは、さして長い梯子ではなかった。

「もっと長いものはないのか」

「これしかございませぬ」

それでも、掛けさせてみると、なんとか門の屋根に届いた。

袍《ほう》を脱ぎ捨て、梯子を登った。

屋根に登ったのは、生まれて初めてのことである。

いや、そもそも、京の町を高いところから眺めるのさえ初めてだ。

滑り落ちそうになりながらも屋根の檜皮《ひわだ》を登り、棟に立って背筋を伸ばした。

眼下に、朝の光を浴びた下京の町の広がりが見えた。

いまの京は、かつての平安の都とはずいぶんようすが違っているはずだ。上京《かみぎょう》と下京が、ほとんどべつの町になってしまい、ただ室町通りだけでつながっている。

この内裏も、王城のころ大極殿《だいごくでん》があった場所とは違っている。いまは、上京の東南のはずれにある。

下京とのあいだには、畑や野がひろがっているばかりで、建物といえば、信長が二条に新造した屋敷があるだけだ。そこは、この上御所《かみのごしょ》に対して、下御所《しものごしょ》と呼ばれ、いまは誠仁《さねひと》親王が住んでいる。

方角から言えば、ちょうどその下御所の左手のむこうに、黒煙を噴き上げて炎上している伽藍《がらん》がある。ときに火焔《かえん》さえ見える。

それが本能寺に違いない。

「やりおったッ」

口に出してつぶやかずにいられなかった。こころのうちで快哉《かいさい》を叫んでいた。こんな愉快な思いをしたことはない。

なにしろ、目障りきわまりない信長の宿館が炎上しているのである。

胸のうちがすっきりして、気分が爽快《そうかい》になった。

風にのって雄叫《おたけ》びやどよめき、悲鳴が聞こえてくる。下京の町は、さぞや騒然としているであろう。

「お知らせ申し上げます」

声がしたので地上を見下ろすと、衛士がいた。

「なんだ。そこで申せ」

大声を張り上げた。

「はっ。東宮様が参られました」

東宮、すなわち誠仁親王は、二条の下御所に住まい、信長からほとんど傀儡《くぐつ》のごとくにあやつられている。信長にとってみれば、誠仁などは、掌《てのひら》にのせたひよこほどの存在だろう。

分かった、と手で合図した。

二条の下御所でも、なにか異変があったのか。

見ているうちに、その下御所から煙が上がりはじめた。なにしろ、ほんのすぐむこうのことなので、ひときわ驚いた。目を皿にして見ると、旗指物《はたさしもの》が下御所を取り囲んでいるではないか。

「御所まで攻めたか」

驚きのあまり、檜皮から足を滑らし、転げ落ちそうになった。

棟にすわっている舎人の肩につかまってことなきを得たが、不安が胸を締めつけ、心の臓が高鳴っている。とてものこと落ち着いていられない。

ひょっとすると、市中に分宿していた信長の手勢が、反撃に転じたのかもしれない。だとすれば、すぐさまここにも押し寄せてくるだろう。

「降りるぞ」

舎人に声をかけた。勾配《こうばい》の急な檜皮屋根を後ろ向きになって手をつき、軒まで降りた。軒から梯子を降りて、紫宸殿の南庭に立った。衛士にたずねた。

「誠仁はいかがした」

「ご無事にて、清涼殿におわします」

うなずいて紫宸殿の階《きざはし》を駆け上り、縁側を走って清涼殿に向かった。
渡り廊下から、清涼殿の東庭が見えた。衛士や舎人の一団がいる。
輿《こし》が置いてある。そばにいるのは、連歌師の里村紹巴《さとむらじょうは》らしい。
清涼殿に入ると、誠仁が青ざめた顔で茫然《ぼうぜん》とすわっていた。
着替える時間もなかったのか、白絹の夜着《よぎ》のままである。三十一歳
だが、いかにも頼りなげにしか見えない。若いうちから信長に持ち上
げられているせいで、骨を抜かれてしまったようだ。
「なにがあったか、つぶさに話せ」
誠仁がうなずいた。水を一杯所望し、ゆっくり飲み干してから話し
はじめた。
「明け方のことです。茵で目を覚ましますと、門のあたりで、大勢

の者たちの声がいたしました。着替える間もなく、閨までやってきたのは、織田の息子の信忠でした」

信忠は、妙覚寺にいたはずだ。下京の北の端にある妙覚寺は、本能寺までほんの数町しか離れていない。

「妙覚寺は、明智に囲まれなんだのか」

「……謀叛《むほん》したのが明智だと、よくご存じでおじゃりまするな」

誠仁が、怪訝《けげん》げな顔を朕に向けた。

「衛士を物見に走らせておる。それしきのこと知らぬでどうする」

「周到なことでおじゃります」

誠仁が頭を下げた。

「信忠の申しますには、明智の軍勢が本能寺を攻めたてているので、手勢を率いて助けに向かったが、とてものこと人数が多く、太刀打ちできぬゆえ、ひとまずここに立て籠もるとのこと」

信忠が父を助けに向かったのなら、それはそれで見上げた心がけだ。信長ならまちがいなく父を見捨てて一目散に逃げている。

「すぐに明智の手勢があらわれて、下御所を取り囲みました。近衛屋敷からも矢や鉄炮《てっぽう》を射掛けて参りました。それはもう恐ろしゅうて恐ろしゅうて、あわてふためいておりましたところ、紹巴があらわれて、輿に乗せて連れ出してくれました」

それで連歌師の紹巴が、東庭にいた理由が分かった。

「明智の軍勢は近衛屋敷から、鉄炮を射掛けたか」

近衛前久の屋敷は、二条下御所のすぐとなりである。攻撃しやすいように、手勢を引き入れたのかもしれない。

「屋根の上からでおじゃりまする。鉄炮の音をあんなにそばで聞いたのは初めてのこと。肝が冷えました」

いかにも疲弊した顔つきで誠仁がつぶやいた。

「信長はどうなった。討たれたか」

誠仁が首を横にふった。

「それは麿《まろ》には分かりませぬ」

さもあろう。このように怯《おび》えていては、身ひとつ守って逃げ出すのが精一杯だっただろう。

「分かった。まずは着替えて休むがよい」

「そういたしまする」

平伏した誠仁が、顔を上げて首をかしげた。

「ひとつ腑《ふ》に落ちぬことがおじゃりまする」

「なんだ」

「されば、明智の兵は、しきりと、天誅じゃと叫んでいるもよう。なかには、勅命じゃと叫ぶ者もおるようす。信長討伐の勅《みことのり》をお下しになられましたか」

朕は、ゆっくりと首を横にふった。

「いや、下してはおらぬ」

それだけ答えて、あえて強い目で、誠仁を見すえた。

しばらく視線がぶつかっていたが、やがて誠仁が頭を下げた。

「疲れましたので、休ませていただきます」

目を何度も瞬かせて、誠仁は清涼殿から退出した。

三

近衛前久と勧修寺晴豊がやってきたのは、巳《み》の刻（午前十時）だった。

白い直衣《のうし》を着た二人は、厚畳を二枚ならべた昼御座《ひるござ》の前までくると、深々と頭を下げた。

「お人払いをお願いいたします」

近衛前久が、低声でつぶやいた。

庭ばかりでなく、清涼殿のなかにも大勢の衛士がいる。火急の時である。彼らを立ち退《の》かせるわけにはいかない。

「参れ」

朕は、先に立って、奥にある御張台《みちょうだい》のうちに入った。二人を招き入れて、帳《とばり》を降ろさせた。

白絹に囲まれた狭い空間で、膝《ひざ》を突き合わせた。二人とも眉間《みけん》に皺《しわ》が深い。

「信長はどうした」

朕は、声をひそめてたずねた。

「自害したらしゅうおじゃります」

前久がつぶやいた。

「首級は上げたのか？」

「伽藍が炎上いたしましたゆえ、屍《かばね》さえ見つかっておらぬそうで」

「では、逃げたかもしれぬではないか」

朕の問いに、前久が口元をゆがめた。

「たいそうな数の兵で包囲しておりましたゆえ、その懸念はなかろうかと存じまする」

前久が無表情のまま口を開いた。

「おまえは検分に行ったのか」

「いえ……」

前久が小さく首をふった。

「それでも、すぐ隣のことゆえ、二条下御所《しものごしょ》のようすはつぶさに見ておりました。信忠の手勢が、五百人は、御所に籠もりましたでしょうが、明智の兵は勝手に我が屋敷に乱入し屋根より弓、鉄炮を射掛けました。戦闘すさまじく、街路には死骸《しがい》がたくさん転がっておりました。信忠の死はまちがいございませぬ」

「では、本能寺はどうか。信長めの生死こそが知りたい」

たずねると、前久が唇を噛《か》んで黙した。

「そのほうはどうじゃ」

手にしていた笏《しやく》を向けて勧修寺晴豊にたずねると、晴豊も首を横に振った。

「その目で見ておらぬのに、よくもさようないい加減なことが口にできるものよ。どうして信長めが自害したと分かるのか」

「本能寺から逃げ出した女たちが、そう言うておったと、明智の将から聞いておりまする」

言い終えて、勧修寺晴豊が、唇を舐《な》めた。

「ふん。遁走《とんそう》するための策謀かもしれんぞ。それぐらいの手は使う男よ」

睨みつけると、二人の公卿がうなだれた。反論のことばがないらしい。

しばし沈黙があった。

御帳台のうちは、とても蒸し暑い。外では熊蟬がことさらやかましく鳴いている。汗が首筋から背中にながれた。

「明智が、参内《さんだい》を願うております」

顔を上げた前久が押し殺した声をしぼり出した。

「なんじゃと……」

「勅命により、朝敵織田信長を討ち果たしたる旨を、奏上しに参内したいと申しております」

「じかに会うたのか」

「いえ、母衣武者《ほろむしゃ》からの言伝《ことづ》てにおじゃりまする」

「明智はどこにおる」

「本能寺の門前にて、落人《おちうど》狩りを指図しておるとのこと」

「なんと答えた」

「別命あるまで待てと伝えさせました」

暑さに汗をながしているのに、背筋が凍りつくのを感じた。

――来られてたまるものか。

信長の生死が確認できぬのに、いま参内されては、すべてのことが朝廷の命令であったと知れてしまう。

もしも信長が生きていたら、内裏も自分も無事ではすまない。生きながら身を切り刻まれ、無間《むけん》地獄に堕《お》とされてしまうであろう。

「すべては、首級を確認してからだ。それが確かめられぬうちは、参内はまかりならぬ。そのこと、くれぐれもはっきりさせておけ」

「承知いたしました」

二人の公卿が頭を下げた。

「いまひとつ。安土城を平定せよと伝えよ。安土の城を押さえぬかぎり、とてものこと、織田を斃《たお》したとは言えぬわ」

「それも伝えまする。ただ……」

前久がおずおずと口を開いた。

「なんだ」

「帝におかれましては、これから、どのような絵をお描きになるおつもりでおじゃりましょうか。そのこと、われらにだけはお聞かせくださいませ」

前久に問われて、朕は口元を引き締めた。

——絵など、あるものか。

とにもかくにも、信長を粛清せねばならなかった。あとのことは、そのときの流れと勢いだ。

笏を帯にはさんで、あごを撫《な》でた。

「なによりも肝要なことは、信長の首級だ。首級がなければ、つぎの手が打てぬ」

「それは承知いたしました。信長の死が明らかとなれば、つぎの手は、なにを打たれますか」

「それをこそ、そのほうらと相談せねばならん。わしは親政をなすのが最善と考えておる」

武家にまかせておけば、内裏はいつも不安定なままだ。磐石《ばんじゃく》の体制を打ち立てるには、自ら政《まつりごと》をなすのがいちばんであろう。

「帝みずから親政をなさいますか？」

「それの是非をたずねておる。朕が政をなせば、武家は従うであろうか」

前久と晴豊が、同時に深いため息をついた。

「政というても、いったいなにをなさいます」

晴豊がたずねた。

「王政を復古するのだ。各国の守護を定め、税を取り立てさせるのが、政の根幹である。それを朝廷がなす」

それこそが朕の理想だった。

いまの世は、武家どもが勝手に争闘し、我が物顔で領国を奪い合っている。

しかし、政の王道からいえば、国司や守護を決める権限は、朝廷にある。戦《いくさ》に勝った武家を追認するのではなく、民草《たみくさ》のために治世を布《し》ける武家の棟梁《とうりよう》を任命するのが、朝廷の政である。

ふたたび、深いため息が聞こえた。前久も晴豊も眉間にしわを寄せている。

「なにがいかん」

「それは、高邁なる理想と存じまする」

「ならば、その道を邁進し、実現するばかりだ。信長の首級を確かめたら、織田と敵対している武家の棟梁たちに檄《げき》を送る。毛利、上杉、北条、長宗我部は、すぐに馳《は》せ参じるであろう」

「しかし、彼らは、それぞれの地で、織田の羽柴や柴田、滝川らと対峙《たいじ》しておりますゆえ、一歩たりとも、京には近づけますまい」

「ふむ……」

頭のなかに大和秋津島《あきつしま》の地図を思い浮かべた。

たしかに、畿内《きない》とその周辺は、信長の軍団が押さえているため、遠《おん》国《ごく》の棟梁たちは近づきにくい。

「織田は棟梁信長がおらぬのだ。すでに弱体であろう。まもなく瓦解《がかい》しおるわ」

「しかし、羽柴、柴田、滝川らは、それぞれ数万の軍勢を擁しております。一朝一夕に討ち破れる相手ではございませぬ」

「…………」

朝廷が触れを出せば、織田と敵対する各国の武者どもがすぐさま駆けつけてくると考えていたが、それは夢のまた夢か。

「いまのこの国は、とてものこと内裏の力では動かせませぬ」

前久が首を大きく左右にふった。

「ならばなんとする」

「政は武家に任せる以外にござりますまい」

「誰に任せる。やはり、明智か」

明智は、征夷《せいい》大将軍就任を望んでいるという。ならば、そのとおりにしてやって、政をゆだねるのがよい。明智なら、内裏を敬い、ないがしろにはせぬであろう。

「そのこと……。明智では、ほかの織田家臣が承知いたしますまい」

「…………」

思ってもみなかった言葉を投げかけられて、大きくこころが揺らいだ。

「なぜ明智ではいかん。織田を斃した勲功第一等ではないか」

また、前久が首をふってため息をついた。まったくよくため息をつく男だ。

「それは朝廷の理屈でおじゃります。織田には織田の理屈がおじゃりましょう」

「ふん。どんな理屈だ」

「明智は、主君殺しの大罪人。一刻も早く血祭りに上げるべき憎い裏切り者でおじゃりまする」

「しかし、朝命を受けての討伐だ。なんの不都合もなかろう」

「それをいま、満天下に表明なさいますか」

前久がにじり寄って、膝が触れた。

「いや……、それは……」

まずかろう。まずは、信長の首級を確かめることが先決だ。

「勅命が出ていたと分かれば、織田にとって、帝は主君殺しの黒幕。許しがたい宿敵となりまする。弔い合戦におよび、内裏に攻め寄せるやもしれません」

朕は絶句した。

信長一人を粛清するだけでことが成就するとは思っていなかったが、明智を立てれば、織田家は朝廷に従うと考えていた。

「ならば、足利義昭を呼ぶか」

追放されたとはいえ、足利義昭は、なお征夷大将軍の職にある。彼が号令すれば、武家はまとまるのではないか。

「足利殿には、残念ながら人望がござりませぬ。従う棟梁はおりますまい」

「ならば……」

「われらは、すでに手詰まり。あとのことは明智の天命に任せるしかありますまい」

「……………」

「明智に天の時が味方するならば、羽柴、柴田、滝川を破り、徳川や細川をも従えましょう。毛利や上杉、北条としても、信長よりは従いやすかろうと存じまする。そのときこそ、朝廷が仲裁に入り、大和六十六州に安寧をもたらしましょう」

「なるほど……」

たしかに、前久の献策は説得力があった。

力のない朝廷が、ここいちばんで力を発揮するなら、その潮がなによりふさわしい。

三人の男が沈黙した。

熊蟬がさらにやかましく鳴いている。そよりとも風が吹かず、御帳はまるでゆらがない。

「明智に勅を下したこと、けっして、世に悟られてはなりますまい」

前久が、じっとこちらを見すえていた。

「悟られれば……」

「柴田、羽柴、滝川らが黙ってはおりますまい」

「ふむ……」

考えれば考えるほど、全身に汗がながれた。

「節刀はどうするのか。明智に渡したのであろう」

前久が目を伏せた。

「いえ、渡してはおりませぬ。それらしい太刀を渡したばかりでございまする。これからのなりゆきをしかと見守り、勝ち残った者をこそ、大臣《おとど》に取り立てなさいますれば、それでよろしゅうございます」

「そうか……」

朕はうなずいた。

たしかにその通りだ。それ以外に朝廷が生き残る道はなかろう。

額からしたたった汗が目に入り、ひりひりと染みわたった。

「そのようにいたそう。とにかく、信長の首級が見つかるまで、勅のこと、けっして他言するなと厳命しておけ。よいな」

「承知いたしました」

頭を下げた前久が駆け出していた。

無明《むみょう》　明智光秀

天正十年六月五日
近江　安土

一

大手門の前から見上げると、安土の城は思いのほか静かだった。

空は曇っている。風が強く、速く流れる雲を背にした天主望楼の赤《あか》瓦《がわら》と軒瓦の金が、ことのほか奇態に見えた。

「開門させよ」

明智光秀が命じると、そばにいた左馬助秀満《さまのすけひでみつ》が大声を張り上げ、開門を命じた。大手門の上に立っていた番匠たちが門を開いた。先駆けの母衣武者《ほろむしゃ》たちが、城内を調べたが、織田の兵は一人も残っていないようだ。

光秀は騎馬のまま広い大手道を登った。

左右に建ち並ぶ羽柴や徳川、前田たちの屋敷は、まるで人気《ひとけ》がなく静まりかえっている。

城の留守居をしていた蒲生賢秀《がもうかたひで》は、信長の女たちを連れて日野《ひの》の城に逃げたと聞いている。いま、この城内に残っているのは、城を建てた数十人の熱田の番匠たちだけだ。

本能寺を攻めた六月二日のうちに安土に来るつもりだったが、瀬田《せた》の唐橋《からはし》を焼かれたので、直すのに二日かかった。

そのあいだ坂本の城にいた。妻の熙子《ひろこ》がやさしい笑顔で迎えてくれた。

坂本城に入ると、光秀は書院に右筆《ゆうひつ》を何人も集め、各地の大名たちに檄文《げきぶん》をしたためさせた。

――勅命により、謀叛人《むほんにん》織田信長を討伐いたし候。

どれだけこの一文を書きたかったことか。

しかし、そのことに触れるわけにはいかなかった。

あの日、本能寺の前で信長捜索の指揮を執っていると、輿《こし》に乗った近衛前久《このえさきひさ》があらわれた。

「信長の首級《しるし》をたしかめるまでは、密勅のこと、ゆめゆめ公言してはならぬぞ。必ず、必ず、必ず首級をたしかめよ。それが帝の御意である。くれぐれも違《たが》えるな。違えれば、汝《な》の身になにが起こるやわからぬぞ」

みょうに威圧的に気味の悪い言辞を残すと、抗弁するいとまも与えず去ってしまった。

信長の首級は見つからないままだが、決して討ち漏らしたはずはない。骸《むくろ》なんぞは、伽藍《がらん》の炎上とともにすっかり灰になってしまったに決まっている。

信長は、火のまわった館《やかた》の奥に入って腹を切って果てた、という者がいちばん多い。

しかし、それを見た者はいない。

湯帷子《ゆかたびら》姿で、館の縁廊下から弓を引き、槍《やり》を振るっているのを見た者はいる。それよりあとの姿を、光秀の家来で見た者はいない。

市中には、逃げた信長を見たという流言がある。

市女笠《いちめがさ》をかぶって逃げていくのを見かけたという者もいれば、本能寺には抜け穴があって、そこから逃げたのだという者もいる。手負いの信長が小姓にかつがれて賀茂《かも》に逃げるのを見たとの報《しら》せもある。どの話も信は置けない。

——討ち果たしたに決まっておる。

光秀はそう確信している。あれだけの人数で囲んだのだ。万に一つも討ち漏らしたり、逃がしたりなどということがあるはずがないのだが、近衛前久に執拗に釘《くぎ》を刺された。前久の言い方があまりに不気味で触れる気にもならなかった。

大名たちへの書状では、独善的な信長を討ち果たしたゆえに、ぜひ、味方として軍を率いて駆けつけてほしいと依頼した。毛利輝元《もうりてるもと》、長宗我部元親《ちょうそかべもとちか》、上杉景勝《うえすぎかげかつ》、北条氏直《ほうじょううじなお》、筒井順慶《つついじゅんけい》など、すぐにも味方に駆けつけてほしい者たちには、その日のうちに書状をしたため、すぐさま使番《つかいばん》に持たせて走らせた。

また、織田家麾下《きか》の者でも、細川藤孝《ふじたか》、忠興《ただおき》親子や高山右近《たかやまうこん》、蒲生賢秀ら味方につけたい者、各地の有力な地侍《じざむらい》たちにも書状をしたため、使番に持たせたので、その数は数十にもおよんだ。

ことに、細川忠興は、光秀の娘玉《たま》の婿である。なんとしても味方につけたいところなので、格別ていねいな書状を手ずから書いて丹後田辺城《たなべじょう》に送った。

それらの仕事を終えて安土に来てみれば、城下はすでに町人たちのほとんどが逃げて閑散としていた。

城内も静かである。

本丸まで行くと、光秀はそこで馬を下り、石垣の上の天主に登った。

まず入ったのは、地下蔵である。

以前、信長に見せられたことがあったが、そのときよりはるかにたくさんの金、銀の箱が積み上げられている。左馬助秀満に命じて箱をあらためさせると、すべて手つかずでそのまま入っていた。

蒲生賢秀は、塵《ちり》ひとつなく城内を掃き清めさせたうえで、一物も持ち出さずに退去したらしい。天主内の納戸には、京に持って行かなかった茶の湯の数寄《すき》道具、珠玉、綾羅錦繍《りょうらきんしゅう》のたぐいが、おびただしく残っていた。

光秀は、上一重《かみいちじゅう》の望楼に上がった。

四方の戸を開け放つと、曇天の下に湖国の風景が広がって見えた。

眺めていると、気持ちが昂《たかぶ》ってくる。

なによりも、勅《みことのり》を奉じて信長を斃《たお》したのだ。

しかも、莫大《ばくだい》な金銀が掌中にある。この財力を活用すれば、天下を統《す》べるのに、大きな造作はあるまい。

ほどなく、光秀は征夷《せいい》大将軍となり、幕府を開くことになる。

「よき天下人《てんかびと》となりたいものだな」

ともに上がってきた左馬助秀満に言った。

「まこと、殿ならばあまねく善政を布かれましょう。大和六十六州が歓《よろこ》びまするぞ」

「そうありたいものだ」

信長のように驕《おご》り昂らず、きっとよい国にしてみせる、と光秀はこころで誓った。

その前に、なすべきことがたくさんある。

まずは、近江の平定である。つぎの日から、丹羽長秀の本城である佐和山城《さわやまじよう》、羽柴秀吉の本城である長浜城《ながはまじよう》を攻めるように段取りさせた。

物見《ものみ》の調べでは、敵兵は少なく、どちらも簡単に落ちそうだ。北の守りに長浜城には、斎藤利三を入れることにした。

七日の夕刻、二十人ばかりの行列が安土に向かってくると、物見から報告があった。

「なに者だ。どこぞの使いか」

「輿に乗ったお公家《くげ》にございます」

ならば、内裏《だいり》からの勅使であろう。

大手門を開かせ、本丸御殿で迎えることにした。

勅使は、吉田兼和《よしだかねかず》であった。

束帯姿で御座の厚畳《あつだたみ》に腰をおろした。

光秀も、束帯姿に威儀を正して拝謁した。

「帝《みかど》の勅により、下向して参った」

兼和のことばに、光秀は頭を下げてかしこまった。

「勅を下す」

おごそかな兼和の声が頭上にひびいたので、さらに頭を下げた。

「このたびの洛中《らくちゅう》にての擾乱《じょうらん》、武家のあいだのこととは言い条、内裏にても座視しえず、その顚末《てんまつ》、大いに心を痛めておったところ、惟任日向守においては、騒ぎを広げず、京に安寧をもたらしたるの段、おおいなる手柄と讃《たた》えるべきものなり」

聞いていて、光秀ははなはだしく居心地の悪さを感じた。

「これは、誠仁親王様からの御下賜《ごかし》にございます」

顔を上げると、吉田の侍者が、三方《さんぼう》に載せた一巻の緞子《どんす》を光秀の前にさしだした。

「こちらは、わたくしから戦勝のお祝いにございます。まことにおめでたいことにございました」

侍者が、こんどは大きな帖紙《たとう》をさしだして開いて見せた。

馬にかける大房《おおふさ》の鞦《しりがい》であった。

光秀は不思議なものを見せられた気がした。あれだけの大仕事の報奨が、緞子と鞦とは大笑いだ。

「はなはだ異なことを承った」

「異なこととは、いかな御意であらっしゃいましょう」

吉田のことばに、ふん、と鼻を鳴らすと、光秀は脇に置いてあった節刀《せっとう》を前に置き、懐にしまってあった勅書を差し出し、膝《ひざ》を乗り出した。

「これ、このように節刀と、勅書をいただいておる。帝からの勅が出たればこそ、拙者、一命を賭《と》して、信長討伐の儀に及んだ。それを武家のあいだの騒擾とおっしゃるか」

ゆっくりと吉田がうなずいた。白粉《おしろい》を塗った顔がどうにも人のようではない。表情が読み取れない。

「武家の争いにござりましょう。それが節刀と勅だと仰せか……。しかし、はて、内裏では存ぜぬこと。なんのことやら判じかねておりまする」

「この勅を、内裏は知らぬとおっしゃるか」

「聞いておりませぬ」

光秀は、勅書の懸け紙をはずして、なかを開いて見せた。そこには「ときは今……」の一行と帝の花押《かきはん》が記されている。

侍者がその紙を受け取って吉田に見せた。吉田は丸ぼったい高眉《たかまゆ》をひそめて書面を見ている。

「かようなもの、勅とは申せぬでありましょう」

「しかし、帝の花押がそこに」

「帝の花押に似ておるが、これは、すこしばかり真似た偽《にせ》でございましょう。まことの勅書ならば、御名《ぎょめい》にそえて御璽《ぎょじ》がなければなりませぬ」

それくらいのことは知っている。密勅ゆえに、こういう形式になったのではないか。そう抗弁したが、吉田はうなずかない。真っ白い顔で、表情さえ見せない。

「これを偽勅というか……。しかし、節刀を拝領しておるぞ」

太刀を前に差し出した。

侍者から受け取った兼和が、しげしげと太刀を見た。

「まことよき太刀でござりまするな。明智殿のご佩刀《はいとう》か」

「近衛殿から、信長討伐の節刀と言われて受け取った」

言ってから、違っていたことに気づいた。近衛前久には、坂本の城で、「標《しるし》を受け取れ」と言われたが、実際に手渡されたのは連歌師の里村紹巴からだ。

「はて、節刀は、古来、沃懸地《いかけじ》の鞘《さや》が決まり。ままべつの太刀が使われたこともあったやに聞きまするが、これは節刀ではありませぬ」

無表情な顔つきで、吉田がきっぱりと言い切った。

「ならば、勅も節刀も、帝のあずかり知らぬことと仰せか」

「まこと、わたくしも初めて耳にいたして驚いております。帝におたずねしてみましょうか。しかし、さて、そのようなこと、帝が仰せになるとは思えませぬが……」

その言い種《いぐさ》を聞いて、光秀の背筋に寒けが走った。

考えてみれば、この書面と太刀を手渡した里村紹巴は、ひと言も勅書だとも、節刀だとも言わなかった。

ただひたすら、「帝の御意でございます」とくり返していたばかりだ。

「しかし、近衛殿から、信長討伐のこと、しかと承った。坂本の城でのことだ」

聞いていた吉田が、いかにも気の毒そうな面持ちで力なく首を振った。

「さても、面妖《めんよう》なお話……。近衛殿は、ちかごろ脳に血がまわり過ぎておられる態《てい》で、惑乱気味。されは幻にうなされて、さような偽勅を伝えられたのでござろうか……」

光秀の胃の腑《ふ》から、苦いものがこみ上げてきた。無明《むみよう》の奈落《ならく》に突き落とされた気分である。あまりの悔しさに歯嚙《はが》みした。吉田の白い化粧顔が憎らしげだ。首を絞めてやりたい。

「愚弄《ぐろう》するにもほどがある」

居心地の悪さが、大きな怒りに変わってきた。腸《はらわた》が煮えくり返り、勅使の吉田を斬り殺してやろうと、太刀に手をかけた。

抜き払って大上段にかざした。

うろたえた吉田が、後《あと》ずさった。

光秀は思いきって太刀を振り下ろした。風を切る音が鋭い。

それから吉田に斬りつけた。ただし、思い止《とど》まって、横に薙《な》いで吉田の黒い冠を切り裂くだけにとどめた。

思い止まったのは、震えている吉田が不憫《ふびん》だったからではない。

この男を斬ってしまえば、朝廷との繋《つな》がりがいっさい切れてしまう。

これは、なんとしても保っておかなければならない糸である。

「京に行き、内裏に参内する。そのこと、しかと取り次いでおくがよい」

立ったまま言い放って睨《にら》みつけると、泡を食った吉田兼和がそそくさと退出した。行列をととのえるのも慌ただしく、本丸を飛び出していった。

二

翌六月八日、光秀は安土を発《た》った。坂本を通って京に行くつもりである。阿閉貞征《あつじさだゆき》らの近江衆を中心とした一万の軍勢を率いている。

——まったく馬鹿な話だ。

光秀は、怒りがおさまらない。馬の背で、いくら考えても得心がいかない。腸が煮えくり返ってならない。

昨日、あれからすぐに近衛前久の屋敷に使番を駆けさせたが、不在であるという。居留守ではないらしい。洛中の大混乱のなか、どこかに逃げたか、逐電してしまったようだ。

——謀られた。

そうとしか考えられない。

信長を斃した暁には、すぐさま内裏から天下に詔勅が発せられるものだと思っていた。

――謀叛人織田信長を討伐した勲功第一等、惟任日向守光秀を征夷大将軍に任ずる。政《まつりごと》はすべて将軍に従うべし。

との号令が下されれば、逆らう者はすべて朝敵である。天下一統はたやすい。

吉田兼和は、近衛前久が惑乱したなどと言っていたが、惑乱していたようには見えない。いたって冷静だった。

また、近衛前久一人の考えで、信長討伐を言い出すとも思えない。

近衛前久は、公家のなかで、もっとも信長に近い。信長が出頭して得をするのは、近衛である。信長を嫌って粛清したがっているのは、やはり帝であろう。

どうにも帝と朝廷そのものに謀られた気がしてならない。自分は、邪魔な信長を消す駒として利用されただけのことだ。

その日は、坂本の城に泊まり、熙子《ひろこ》を抱いて寝た。

褥《しとね》で熙子を抱いていると、悔しさで涙がぽろぽろ溢《あふ》れてならなかった。

熙子は、なにも聞かず、黙って光秀の背中を撫《な》でさすってくれた。

そのまま寝入ると、翌朝はなんとか気持ちよく目が覚めた。

翌日、京に向かった。

梅雨の晴れ間で、青空が気持ちよい。馬の背で、つらつら考えた。

これから最大の問題は、織田家の家臣たちがどう動くかだ。

勅命のあったことを証明できるなら、織田方が朝敵である。

それができないなら、自分が、主《あるじ》を弑逆《しいぎゃく》した不忠者となる。

いまの状況では、密勅があったと証すことができそうにない。近衛前久が偽勅を出し、偽の節刀を下賜したなどと言い立てても詮《せん》ないばかりだ。

――非は信長にあったのだ。

そういうことにしないと、光秀の立場がない。

信長のやり方は、あまりに性急で無茶だった。あのまま放っておけば、統一の前に、天下が戦乱で疲弊してしまう。

それを止めなければならなかったのだ。

――その理屈を大義として押し通すべし。

そう腹をくくった。

やっかいなのは、越中にいる柴田勝家と、備中にいる羽柴秀吉だ。

あの二人は、納得すまい。しかも京からさほど遠くない。むこうでの合戦の仕置きさえできれば、数日のうちに京に上ってくるだろう――。

そんなことを考えながら、逢坂《おうさか》を越えて粟田口《あわたぐち》の白川《しらかわ》まで来ると、大勢の出迎え人の群れがあった。

公家たちである。

なかに、吉田兼和のすがたが見えた。

顔も見たくない男だが、そんなことを言っても仕方がない。いまとなっては、この男が内裏との唯一の接点である。

馬上の光秀に、吉田が深々と頭を下げた。

「このまま内裏に向かうぞ。よかろうな」

吉田の顔が青ざめた。

「いえ、お訊《たず》ねしましたが、帝はやはり、勅のことも節刀のことも、ご存じないとの仰せにございます。参内は、またあらためてお申し越しくださりませ」

「ふん。笑止千万。まことに茶番じゃわい」

よほど内裏に押しかけようかと思ったが、かえって醜態を晒《さら》すだけだと思い止まった。

「内裏はかないませぬが、公家衆が、戦勝祝賀の宴を張りたいと申しております」

「ふん。なんの戦勝か」

光秀が鼻の先で笑い飛ばすと、吉田が口元をゆがめて押し黙った。

「宴など無用と、一同に告げよ。いずれ、天下平定を遂げてから、あらためて賀を受けさせてもらうとな」

「承知いたしました」

「そのほうの屋敷で、暫時《ざんじ》休息させてもらおう」

「お泊まりになられましょうか」

すでに未《ひつじ》の刻（午後二時）である。すぐに夕刻になるだろう。

「いや、ゆるりと京におるわけにはいかんのだ。なさねばならぬことが山ほどある」

光秀は、今日のうちに、淀城《よどじょう》に入るつもりである。

じつは、備中にいた秀吉が、敵将清水宗治《しみずむねはる》を切腹させて畿内《きない》に向かっているとの報があった。まずは、この軍勢を打ち破らねばならぬ。淀城は、京と大坂を結ぶ水運の大動脈を牛耳る城である。あそこを押さえておけば摂津から来る秀吉勢の守りにもなる。

北陸や東国への押さえは、安土城に残してきた秀満がやってくれる。淀城には、ちかくの勝龍寺城《しょうりゅうじじょう》とともに、細川忠興の手の者が入っている。すんなり明け渡せばよし、明け渡さねば、攻めたてて城を奪う。

細川藤孝、忠興の親子は、味方になってくれるように書状と使いを送って要請したのに、断りを入れてきた。戻ってきた使番は、細川親子が、その場で髷《まげ》の元結《もとゆい》を切り落として脱俗したことを告げた。僧になったから、光秀に加担できないとの意思表示である。あまつさえ、娘の玉を一時離別したという。

使番からその知らせを聞いたとき、光秀は腹が立ってならなかった。むかしからの誼《よしみ》を考えれば、すぐに味方として駆けつけてくれてよさそうなものだ。

細川親子には、あらためて書状をしたため、左馬助秀満に持たせて発たせた。細川親子にならば、摂津でも、但馬、若狭でも望みの国をとらせてよい——。

それはそれとして、まずは京のことを片づけておかなければならない。

吉田山の麓《ふもと》にある兼和の屋敷に入ると、座敷には、吉田のほかに神職や僧侶《そうりょ》、町人が集まってきた。公家には会いたくもないが、一同には用がある。

阿閉らの側近とともに着座すると、京の町役が戦勝の祝賀を述べた。鷹揚《おうよう》に聞き流した光秀は、家来に命じて、座敷に銀を積み上げさせた。安土城にあった金銀は、家臣に分配し、坂本城にも移させたが、かなりの量を荷駄《にだ》隊に運ばせてきたのである。

一座の者たちが、凄《すさ》まじい量の銀に驚いて目を丸くしている。

「内裏に、銀子《ぎんす》五百枚を献上したい。取り次いでもらおう」

吉田にむかって頼んだ。銀子は、なまこのような丁銀《ちょうぎん》で重さが四十匁《もんめ》（一五〇グラム）ほどだ。五百枚なら、二十貫（七五キログラム）。丁銀一枚で米が五石買えるから、米に換算して二千五百石になる。

あれだけ非礼な扱いをしたのだから、もう、内裏のことは眼中にならなかろうと、吉田は思っていたようだ。

そうできるものなら、光秀とてそうしたい。

——いっそこと、内裏を焼き討ちにして。

との考えが、頭をよぎらぬでもなかった。

しかし、黒幕の相手がわからない。近衛前久も、武家伝奏《ぶけてんそう》の勧修寺も庭田も、この吉田も、じつは正親町帝《おおぎまちのみかど》その人も、みな一味であろうが、けっして馬脚を露《あらわ》すまい。

——鵺《ぬえ》だ。

そう思えば、腹も立たなくなった。内裏には、平安の御代《みよ》から鵺がいる。

鵺はいつしか帝を喰《く》い殺し、御座にすわって帝になりすましている
のに違いない。

光秀は首を振って、頭のなかから、帝や内裏のことを追い払った。

「五山と大徳寺に、それぞれ銀百枚ずつ寄進したい」

吉田にむかって言うと、家来が、言われた額だけ銀子を数えて、大きな広蓋《ひろぶた》に積み上げた。

天龍寺《てんりゅうじ》、相国寺《しょうこくじ》、建仁寺《けんにんじ》、東福寺《とうふくじ》、万寿寺《まんじゅじ》の五山と大徳寺の僧たちは、明、朝鮮との外交交渉において、文書の翻訳など重要な役割を果たしてくれている。これから新しい国をつくるには、欠かせない。

安土から京に来る途次には、公家たちにばらまこうかとも考えていたが、出迎えの公家衆を見て考えがかわった。

公家の追従笑《ついしょう》いほどいやらしいものは、この世の中にあるまい。馬上からそれを眺めて、ほとほと嫌気がさしたゆえに、みなを帰らせた。あんな連中は、いつか京から追い出してしまいたい。

「それから、貴殿に五十枚」

「いや、それは……」

「ふん。遠慮などする柄か」

吉田が唇を噛んだ。さすがに恥は知っているらしい。

「それから、御霊《ごりよう》、北野《きたの》、祇園《ぎおん》の社に灯籠料《とうろうりよう》と、洛中洛外の主だった寺へ祠堂金《しどうきん》を献じてくれ」

光秀の家来が、さらに銀を持ち出して積み上げた。

その場に、阿弥陀寺《あみだじ》の清玉上人《せいぎよくしようにん》がいたので、砂金二袋を与えて頼んだ。

「本能寺で討ち死にした織田家中の者たちに法名を授け、ねんごろに弔ってくれ」

それは、内裏に騙《かた》られたおのが不分明の詫びのつもりである。

「承知いたしました。本能寺の灰を持ち帰り、墓に埋めましょう」

「頼んだぞ。あとはさて……」

一座を見回すと、洛中の町役たちもいる。

「京の者には迷惑をかけた。家の焼けた者もおるであろう。これは見舞いじゃ」

家来が、砂金と丁銀を積み上げた。

「ありがとうございます。なにもございませんが、兵糧《ひょうろう》の足しに、お持ちくださいませ。外の荷車に、まだたくさんございます」

町人たちが、引飯《ひきいい》の袋を持ち出した。蒸した糯米《もちごめ》を粉にした保存食である。

「ありがたい。そこまでしてくれるなら、地子銭《じしせん》も免除せねばならんな」

冷酷な内裏とくらべて、町人たちの温情が、光秀のこころに気持ちよく染みわたった。

「さて、なにもございませぬが、湯漬などお召し上がりください。ご相伴させていただく者たちがおります」

座敷にいた者たちが退出すると、里村紹巴と昌叱ら、愛宕山でともに百韻を張行《ちようぎよう》した連歌師たちがあらわれた。

紹巴は、哀れなほどに萎縮《いしゅく》して平伏している。

「そのほう、よくも顔が見せられたな」

「帝の御意にございますれば……」

縮こまりながら、まだそんなことを口走っている。

吉田は、なぜ、わざわざ紹巴を呼んでおいたのか。はたと思い当たって、光秀は膝を叩《たた》いた。そういうことか。

「内裏は、まだわしを天秤《てんびん》にかけておるのか……」

つぶやいて吉田を見すえたが、この神主は目を逸《そ》らせた。

このまま光秀が勝ちをつづけて天下を統べればよし。内裏は、光秀を認めて、征夷大将軍にでも就かせるはずだ。最初から勅があったことも認めるだろう。

しかし、光秀が負けたら、勝った者をこそ取り立てねばならない。その者を将軍にせねばならない。強い者を追認して、有名無実な官位、官職を与え、その権勢に寄生しているのが朝廷である。

そのありようをあからさまに見せられれば、いっそ愉快であった。

「御戦勝のこと、なによりのことと、お慶《よろこ》び申し上げます。御武運がいく久しく続きますこと、せつに願っております」

里村紹巴が訥々《とつとつ》と戦勝の祝いをのべた。

「そうよな。そのほうは、なにも言わなんだな。勅だとも、節刀だとも言わなんだ。帝の御意だ、おぼしめしだと言い続けた。いや、あっぱれじゃ。その手練手管、褒めてやろう」

紹巴が身をすくめて、頭を床にすりつけた。

この男もまた、内裏から密命を受けて、奔走させられた身に相違ない。

――内裏こそ、諸悪の根源か。

そんなことまで、光秀は考えた。

湯漬と漬け物を食べ、銀の山を残して、吉田の屋敷を出た。むしろ、さっぱりした気分だった。信長が考えていたように、鵺のごとき公家などは、いつか消し去るがよい。


その夜、光秀は下鳥羽《しもとば》まで行って、陣を張った。

下鳥羽は、西から流れてくる桂川と、京から流れてくる鴨川の合流地点である。ここにいれば、西国街道から淀川《よどがわ》両岸の摂津、河内方面はもとより、老ノ坂から亀山に抜ける山陰道、木津川沿いから奈良に向かう街道にも睨みがきく。

翌十日、光秀は石清水八幡宮《いわしみずはちまんぐう》の南にある洞ヶ峠《ほらがとうげ》に出向いた。

この峠は、山城と河内の境にある。古来、戦略上の重要な拠点で、太平記のむかしから合戦がくり返されてきた。

ここで、軍勢を率いた大和の筒井順慶と合流する手筈《てはず》になっていたのだが、順慶と軍勢のあらわれる気配がない。

「あやつ、どうしたのか」

光秀は、譜代衆の藤田伝五を、順慶の本拠である大和郡山城《やまとこおりやまじょう》に向かわせた。光秀はそのまま洞ヶ峠に陣を張り、河内の地侍たちの来援を請いながら、順慶を待ち続けた。

十一日になってもどってきた藤田伝五は、順慶の変節を告げた。

「筒井殿は、郡山城に米塩を積み上げておいでござる。もはや、こちらにお味方のご意思はなきものと見受けられます」

「ふん。そういうことか」

秀吉の軍勢は、すでに姫路《ひめじ》を発ったとの報せが届いている。予想よりはるかに動きが速い。順慶もまた、光秀と秀吉を天秤にかけて、秀吉に加担することに決めたに違いなかった。勝つほうに付こうとするのは、内裏だけではなかった。それが世間というものか。

「いかんともしがたい。なすべきことを粛々となすまで」

淀城の土居《どい》を高く掻《か》き上げさせ、柵《さく》を堅固に巡らせて防備を強くした。各地の大名たちに送った使番が帰着しているが、すぐに駆けつけてくれる軍勢はなかった。

十二日の午過《ひるす》ぎになって、物見に出ていた母衣武者が、大慌てで駆けもどってきた。

「秀吉軍の先鋒《せんぽう》が、山崎に入って参りました。関門を占拠。天王山《てんのうざん》に陣所を築いて旗を翻《ひるがえ》し、こちらを狙うております」

「そうか」

光秀は、うなずいた。天王山は、石清水八幡宮のある男山《おとこやま》とは、淀川をはさんだ対岸で、山城と摂津の境にある。京の盆地は、ここでいったん狭くなる。西国街道から来る軍勢を迎撃しようとすれば、どうしてもここで激突することになる。

秀吉は摂津富田《とんだ》にいて、堺にいる丹羽長秀、信長の三男神戸信孝らの軍勢を合流させているとの報告だ。

備中にいた秀吉の手勢のほとんどが大返ししてきたという。だとすれば、兵力は二万から三万、いや四万にも膨れているかもしれない。

こちらは、安土、坂本、京にも兵力を分散させているため、一万がやっとである。かなり苦戦を強いられそうだ。

夕刻になって、南西の空に黒煙が上がった。秀吉勢の足軽たちが、勝龍寺城のあたりで火を放ったらしい。

鉄炮《てっぽう》の音が聞こえる。勝龍寺城を守らせている三宅藤兵衛《みやけとうべえ》が応戦して撃ち合いになったのだ。

まもなく日が沈む。

「すべては、明日決しましょう」

近江から軍勢を率いて駆けつけた斎藤利三がつぶやいた。

夜、徴発した大きな農家を本陣として重臣たちを集めた。

阿閉貞征、柴田源左衛門《しばたげんざえもん》らの近江衆。

松田太郎左衛門、並河易家《なみかわやすいえ》らの丹波衆。

伊勢貞興《いせさだおき》、諏訪盛直《すわもりなお》、御牧景重《みまきかげしげ》ら、足利幕府の旧臣たち。

そして、一族、譜代《ふだい》の明智光忠、斎藤利三、溝尾茂朝らである。

軍議を開いて、まずは光秀が戦術についての存念を述べた。

「勝龍寺城の南に御坊塚《おんぼうづか》という小さな丘がある。そこに陣を移し、敵をくい止めるのがよかろう」

絵図の一点を扇子で指した。昼のうちにあたりを見回り、そう考えていたのである。御坊塚は、誰の墓か、古い塚である。そこならば、前が深い田になっている。

すでに、稲には青い穂が出ているが、まだ田には水があり、大軍が進んでくるのは難しい。そう説明すると、一同がうなずいた。

「敵の兵力はいかほどでしょうな」

譜代衆の溝尾茂朝の問いに、斎藤利三が答えた。

「物見たちの報告によりますれば、先鋒の高山右近が二千、二番備えの中川清秀《なかがわきよひで》二千五百、池田恒興《いけだつねおき》五千、秀吉の本隊が一万、後詰《ごづ》めに丹羽長秀三千、神戸信孝四千。ほかにも堀秀政《ほりひでまさ》、木村隼人《きむらはやと》の隊などありますれば、ざっと四万」

一同が沈黙した。こちらは、あとで駆けつけた近江衆らをくわえても、一万六千。

「合戦は数よりも戦術だ。やつらは、山崎の隘路《あいろ》を抜けてくるしかない。こちらはそれを待ち構えつつ、別動隊が天王山から側面、後方を突いて攪乱《かくらん》する」

絵図を指しながら、光秀が説いた。たしかに、その地では、天王山が淀川のすぐそばまで迫り、平野がない。

「なるほどそこを突けば、敵は動けませぬな」

「雨が降れば、天佑《てんゆう》になる」

光秀が外を見やった。農家の庭で、蛙《かわず》がしきりと鳴いている。雨が降れば、深田がさらに敵の進攻を阻んでくれる。

「今宵《こよい》は、月も星も見えませぬ。風がずいぶん湿っている。明日は雨が降りましょう」

　斎藤利三のことばが、軍議を締めくくった。

三

　十三日の朝、光秀は重い瞼《まぶた》を開いた。考えてみれば、五月の末から眠れぬ日が続いている。疲労はそろそろ極限だ。自分に気合をかけて起き上がると、まわりに重臣たちがざこ寝している。本陣にした下鳥羽の百姓家である。

　開け放してある障子の外を見やった。

「雨か……」

　夜半に降り出した雨が、しめやかに降り続けている。

雨が天佑になると言ったが、ことばとは裏腹に、どうしても気持ちが重くなるのを光秀は感じていた。蜘蛛《くも》の糸に搦《から》め捕られた蝶《ちょう》のごとく、鵺の生贄《いけにえ》にでもされそうな気分である。

湯でほとばせた引飯を食べ、白湯《さゆ》を飲んだ。腹がぐるぐる鳴っている。炊きたての飯が食べたい。

雨のなか、出陣を命じた。全軍が桂川の浅瀬を踏み渡った。

そのまま勝龍寺城の南から西にかけて鶴翼《かくよく》に陣形をかまえ、配置についた。

先鋒の斎藤利三、二番備えの阿閉貞征らは、御坊塚から山崎に伸びる細い道に陣取った。

右手の天王山の麓には、並河易家、伊勢貞興らが陣を張った。

光秀は御坊塚に本陣を置き、丸太を組んだ物見櫓《やぐら》から、南西の山崎方面を睨んだ。

雨は、しずかに、山と野と川とに降りつづけている。敵も味方も、将も兵も濡《ぬ》れそぼっている。夏だが、ずっと濡れていれば、やはり体が冷えてかじかむ。兵は戦意も高揚するまい。

そぼ降る雨のなか、じりじりと時間が流れた。

たがいに相手の出方を見ている。

秀吉軍は、なかなか山崎の宿《しゅく》から前に進んで来ない。

出て行けば、思いのたけ、先鋒の鼻面を叩かれると見抜いているようだ。

――先に動いたほうが負けだ。

敵もそう思っているに違いない。

御坊塚の上から眺めていると、天王山にも、山崎の宿にも西国街道にも淀川のほとりにも、どんどん後詰めの旗と指物《さしもの》が増えている。一気に吶喊《とっかん》してくるのではなく、堰堤《えんてい》の水位が上がるように、ひたひたと不気味に押してくる気配だ。

雨のなか、しきりと駆け込んでくる使番たちは、敵軍の人数が増えたことばかりを告げる。いつ、堰堤が崩れて、怒濤《どとう》の敵軍が押し寄せるのか。

——思い切って、こちらから押し出すか。

ついそんなことを思ってしまうほどに、じっと堪《こら》えているのが辛《つら》い。

——いや、待つべき時だ。

光秀は、床几《しょうぎ》にすわって雨の天地を睨んだ。兜《かぶと》の目庇《まびさし》から、雨の滴《しずく》がしきりと落ちている。具足の内に雨がしみ込み、濡れた体がさらに冷える。

時がたつにつれて、天王山に敵の旗が増えている。じりじりと押されている重圧を感じないわけにいかない。身じろぎもせず、じっと耐えた。

申《さる》の刻（午後四時）になって、天王山の麓で、鉄炮の音がとどろいた。山上から威圧されていた並河の隊が、こらえきれずに鉄炮を放ったらしい。

喊声とともに、敵の軍団が山を駆け下りてくる。さらに銃声。雄叫《おたけ》び。叫喚。

正面の山崎の宿からも敵が飛び出してきた。

――もはや、決戦のときだ。

「貝を鳴らせ」

光秀が命じると、そばにいた貝役が法螺貝《ほらがい》を高らかに吹き鳴らした。

全軍攻撃開始の合図である。

秀吉軍からも、貝の音が響いた。雨の野に響く法螺貝の音は、どこから寂しい。

吶喊の雄叫びとともに、両軍が激突した。

「敵は街道を上ってくるばかり。左右に回り込んで叩けッ」

大声で下知《げち》すると、母衣武者が伝令に走った。深田のなかの足場のよい場所は、こちらが先に確保している。そこに兵を増やして、弓、鉄炮を射掛けるよう命じた。

最初は、こちらが押していた。

秀吉軍の先鋒高山右近と池田恒興は、出端《でばな》をくじかれて混乱している。

しかし、ほどなく態勢を立て直して突撃してきた。なにしろ、後から後から出てくる数が多い。人数で圧倒的に勝っているだけに、深田をものともせず、左右から御坊塚を包囲するように迫ってきた。

――いかん。

手傷など負っていないのに、光秀は肌にひりひりと痛みを感じた。

――この合戦は、負けだ。

まずは、勝龍寺城に引き上げるのがよい。それから善後策を練る。

「退《の》き鉦《がね》を打て。全軍に勝龍寺城に入れと伝えよ」

使番たちに命じた。

光秀はすぐさま馬に跨《また》がって、勝龍寺城に駆け込んだ。逃げてくる味方を城内に入れ、城門を閉ざした。かろうじて、退路を断たれずにすんだ。

雨の中、ほどなく夕闇が迫った。もう、城の四方を敵に囲まれている。敵の旗ばかりが薄暮の雨のなかに林立している。

城に逃げ込んだ味方は、思いのほか少なかった。伊勢与三郎《よさぶろう》貞興、御牧景重らの重臣たちが討ち死にしていた。城に入らず、あるいは入れず、そのまま敗走した味方も多い。

「いけませんな」

斎藤利三のつぶやきに、光秀はうなずくしかなかった。

たしかに散々な戦いだ。いや、そもそも、戦いと称せるほどの合戦ではなかった。圧倒的な負け戦《いくさ》の惨めさを舐《な》めさせられた。

しかし、諦《あきら》めたわけではない。

「坂本の城に行って再起を図る」

残った重臣たちにそう告げた。どのみち、この勝龍寺城は平城で堀も狭い。これだけの敵に攻められれば、明日一日はもつまい。

「おのおの、夜陰にまぎれて坂本城に向かえ」

それが最善の策だと一同がうなずいた。

夜が更けて、雨が上がった。さいわい月のない闇夜である。

城のまわりには、おびただしい篝火《かがりび》が焚《た》かれているが、それでも数騎ならば気づかれずに抜け出せそうだ。

数人ずつ、数騎ずつ、試すように、城を出た。ときに鉄炮の音がいっせいに鳴り響くのは、見つかって撃たれたのだろう。

光秀は、譜代衆の溝尾茂朝ら五騎と数人の足軽とともに、夜陰にまぎれて搦手《からめて》から勝龍寺城を抜け出した。

十三夜の月が、ときに雲間に見える。雲が切れて月が照ると、あたりには敵兵がびっしり満ちているのが見えた。雲が隠れるまで、じっと動かなかった。

待っていれば、すぐにまた厚い雲が月を隠した。

しずかに進んで、城を離れた。浅瀬を選んで桂川を渡った。

「もう松明《たいまつ》を灯《とも》してもよかろう」

光秀が言うと、溝尾が首をふった。

「いえ、用心しましょう」

言われて、光秀はうなずいた。たしかに、明かりなど灯しては命取りになりかねない。雲の上に十三夜の月があるせいか、闇に慣れたせいか、あるいはなんとしても生きようと思っているせいか、ほんのかすかに道が見える。ときに馬が道を踏み外して、落馬する者もいたが、敵に見つかるよりはましである。

下鳥羽から、東をめざした。伏見《ふしみ》の町を大きく迂回《うかい》して、山科へ抜ける道をたどった。

さすがにこのあたりは静かで、合戦があったことなど嘘のようだ。

ここから北に向かえば、一里余りで山科に出る。そこからなら、逢坂山を越えて、すぐに近江の大津だ。坂本の城に帰れば、熙子が待っている。

光秀は、熙子の笑顔を想い浮かべ、心の底から生きたいと願った。

「小栗栖《おぐるす》を通れば、竹藪《たけやぶ》が多く、万が一、敵がおりましても、見つかりにくかろうと存ずる」

溝尾の進言で、その細い道を行くことにした。深草《ふかくさ》の山のふもとをぐるりとたどる道である。醍醐寺《だいごじ》の前を通る太い街道を行くよりは、敵に出会う危険がはるかに小さい。

山沿いの道は、孟宗竹《もうそうちく》の藪のなかを通っていた。真っ暗で進みにくい。

「松明を点《つ》けよ」

「火を灯せば、すぐ敵に見つかってしまいましょう」

「こんな野辺の小道に敵などおらぬであろう。無明じゃ。明かりが欲しい」

光秀は、深い迷いのなかにいた。

竹林の道も暗いが、生きる道も暗い。

坊主どもは、この世が闇であるという。

闇であるがゆえに、人は無知で真如《しんによ》が見えず、生きること、死ぬことの大きな理《ことわり》が悟れないという。

だからこそ、生きて、苦しみ、悩むのだという。

――ならば、明かりを灯すまで。

明かりを灯せば、無明が滅する。

明かりさえあれば、苦しみが消える。

過去世《かこぜ》から未来永劫《えいごう》までを見通すことができる。

「いましばらく行きますと、小野の勧修寺《かじゆうじ》の跡がござる。そこまでは火を灯さずに参りましょう」

馬上、先頭を行く溝尾茂朝が、低い声でつぶやいた。

勧修寺は、平安のむかし、醍醐《だいご》天皇を産んだ胤子《いんし》を弔った寺である。胤子の父藤原北家高藤《たかふじ》の末裔《まつえい》が、この寺に堂を建てたため、その一族が勧修寺を名乗っている。武家伝奏をしている晴豊《はれとよ》の家である。

——いやな名前を聞いた。

光秀は、口元をゆがめた。

武家伝奏の勧修寺晴豊は、のらりくらりとした男だ。いかにも公家然としたた能面のごとき無表情で、なにを考えているか分からない。

「寺はあるのか」

「百年も前に戦火で焼けたそうにござる。いまは、跡地を守って、寺男の小屋があるばかり」

しかし、勧修寺晴豊と関係のある界隈《かいわい》なら、避けて通るのが賢明だ。

「竹林を抜けたら、山科川のほとりを行こう」

「承知つかまつった」

溝尾の返事を聞いた刹那《せつな》、竹と竹のむこうに火が見えた。松明だ。いくつもある。しだいにこちらに近づいてくる。竹の藪にはさまれた細い道で、馬を返すこともままならない。前と後ろから、松明を手にした男たちに囲まれた。

男たちはみな、具足を着け、槍や刀を手にしている。兜はない者が多い。このあたりの地侍らしい。落武者を見張っていたのか。

「明智の残党と見たが、相違ないか」

先頭の溝尾が、なにも答えず、馬を駆けさせようとした。正面をふさいだ男たちが槍を突き出した。狭い道だ。斬り伏せなければ、通れない。

「われら、このあたりの飯田《いいだ》一党。織田信長公に恩義のある者じゃ。明智の一味に相違ないな」

突き掛かってきた地侍を、溝尾が刀を打ち下ろして斬った。

光秀も太刀を抜いた。横の藪から突き掛かってくる男たちを、二人、三人と斬り伏せた。まだ、節刀を佩《は》いていた。偽の節刀は存外よく斬れた。

「敵は少ない。駆けますぞ」

溝尾の声に答えようとしたとき、地侍の槍の穂先が、光秀の具足の隙間から脇腹に突き刺さった。突いた男の額を、光秀は真っ向から斬りつけた。

脇腹の痛みとともに落馬した。落ちるとき、槍の穂先がさらに腹を抉《えぐ》った。手でさぐると、腸が具足の下に飛び出している。もはや、これまでだ。

「……もう、いかん。首を……、刎《は》ねよ……」

脈とともに、傷口からたくさんの血が噴き出していくのがわかる。意識が遠のいていく。痛みさえ遠のいていく。

この世には人と人との醜《みにく》い思惑《おもわく》が葛《かずら》のごとくもつれ合っている。
それに搦《から》め捕られたおのれの愚かさが呪わしい。
――暗い。
月はない。松明の火も見えない。
漆黒の闇が、光秀を包んでいる。
「ごめんっ」
溝尾の声とともに、首筋に冷たさが走った。
光秀の魂は、そのまま深い闇の奈落《ならく》に落ちていった。

解説

伊東潤

面白い。とにかく面白いのだ。

「そんな素人じみた言葉を使うな」と言うなかれ。こうした解説文では、つまらないものほど、気取った言い回しや取って付けたような美辞麗句を使うもので、本当に面白いものを読んだ時は、シンプルな言葉で、その魅力を伝えたくなる。

この作品で、山本兼一氏は『利休にたずねよ』を軽々と超えて見せた。少なくとも私は、そう思った。

一度だけ山本さんにお会いした折に、私が「山本さんは、もう『利休にたずねよ』を超えられましたね」と言っても、山本さんは「ありがとうございます」と言って、照れくさそうに笑っているだけだった。その佇《たたず》まいは凄腕《すごうで》の剣客、否、熟練の職人のようで実に格好よかった。おそらくこれまで、賞賛の言葉など耳が痛くなるほど聞かされてきたからだろう。

ただ最後に、「自分の文章のリズムが悪くなってくると、手近にある山本さんの本を開き、どこでもいいから何ページか読み、リズム感を取り戻してから執筆を再開しています」と言った時だけ、「ほう」と言って少し驚かれていた。それを聞き、「こいつの言葉は、お世辞じゃないいな」と思われたに違いない。

その時、山本さんに直接、本物の山本ファンであることをお伝えできて、本当によかったと思っている。

この解説を読んでいる方はご存じだと思うが、山本さんは故人である。

現在、ストックされている作品が出切ってしまうと、山本さんの新作は読めなくなる。その寂しさは、言葉では言い表せない。

二〇一三年四月、「オール讀物」誌主催の「信長討論会」が終わり、懇親会の場所まで一緒に歩いた、ほんの十分ほどが、山本さんと二人きりで言葉を交わした唯一の機会となった。

その後の懇親会は「信長討論会」の続きとなり、それはそれで面白い話が続いたのだが、個々の作品について言及することはなかった。

それから約十カ月後、山本さんの訃報《ふほう》を聞くことになる。

様々な場において、山本さんを「師匠」と勝手に呼んできた私は、茫然自失《ぼうぜんじしつ》となった。入院したとは聞いていたが、重篤とまでは知らなかったのだ。

たった一度しかお会いしたことのない他人に対し、大げさだと思うなかれ。われわれ文士は作品を通して会話し、作者の内面にまで入り込む。とくに私は、山本作品に挑むように書いてきたので、訃報を聞いた時は、大海原に放り出されたような気分になった。

私が山本さんの作品に初めて接したのは、『火天の城』である。

安土城を描いた装画の美しさと、「松本清張賞受賞作」という帯の言葉に惹《ひ》かれて買ったのだが、一読して、その完成度の高さに驚嘆した。

大袈裟《おおげさ》ではなく「これだ！」と思い、何度も読み返した。私の趣味は城郭遺構をめぐることなのだが、まさか「城を造る」という題材が小説になるとは思ってもおらず、しかもそれを、こんなに面白く料理できる作家がいるなど信じられなかった。

続いて山本さんは『雷神の筒』を発表する。この作品の主人公は、橋本一巴《はしもといっぱ》という『信長公記』に少しだけ出てくる実在の人物で、これが実に格好いい。雑賀孫一《さいかまごいち》との対決をクライマックスにしたこの作品は、まさに西部劇のように痛快だった。

橋本一巴のクールな格好よさに魅せられた私は、山本作品へのオマージュとして、自作『天地雷動』に、準主役として橋本一巴を登場させたほどである。

さらに『いっしん虎徹《こてつ》』『弾正の鷹《たか》』と、戦国時代の職人気質《かたぎ》を余すところなく描いた作品を連続して送り出した山本さんは、いよいよ『利休にたずねよ』を発表する。

この作品は、利休の鬼気迫る美意識を描ききった山本さんの代表作だろう。視点人物が多く、また時間が遡行《そこう》していくという変則的な構成ながら、とても読みやすいのは、山本さんの力量が並ではないからだ。

かつて私はこの高峰に挑むべく、利休の弟子の山上宗二《やまのうえそうじ》を主役に据えた「天に唾《つば》して」（『国を蹴《け》った男』／講談社　所収）を書き、さらに現在、利休の弟子たちを描いた連作短編を、「オール讀物」誌上に不定期掲載している。むろん『利休にたずねよ』という高峰なくして、私が利休や茶の湯を題材にすることは、なかったはずだ。

面白いことに、私が利休を思い浮かべる時のイメージは、市川海老蔵《いちかわえびぞう》さんではなく山本さんだ。対座しているのは、古田織部《ふるたおりべ》になぞらえた自分である（笑）。

また時間遡行という難度の高い大技も、『池田屋乱刃』（講談社）所収の短編「凜《りん》として」で挑んでみた。やってみて分かったのは、長編でこれをやるのは、並大抵ではないということだ。

続いて山本さんは、幕末から明治を生きた山岡鉄舟《やまおかてっしゅう》を主人公に据えた『命もいらず名もいらず』を上梓《じょうし》した。この作品は、山岡鉄舟という一人の幕臣が、幕末から明治維新という激動の時代を生き抜いていく姿を描いた、山本版『竜馬《りょうま》がゆく』と言ってもいいだろう。武士であろうが職人であろうが、こうした筋の通った人間を描かせたら、山本さんの右に出る者はいない。

それにしても、山岡鉄舟という「戦わずに耐えた男」を描いたのは、実に山本さんらしい。この作品を読んで刺激を受けた私は、「自分も自分の『竜馬がゆく』を書こう」と思い立ち、山岡鉄舟の向こうを張って、「最後まで戦った男」大鳥圭介《おおとりけいすけ》を描くことにした。その作品は二〇一五年二月、『死んでたまるか』というタイトルで新潮社から発売される。

続いて山本さんは、『銀の島』という冒険小説によって新境地を開拓した。この作品では、ストーリーテラーとしての山本さんの一面を存分に楽しめる。

そして山本さんは、満を持して『信長死すべし』を発表する。

こうしてざっと山本さんの筆歴を俯瞰《ふかん》してみると、その存在感に比して、作品数が少ないことに唖然《あぜん》とする（小説だけで二十一作品）。しかし、その作品群はバラエティに富んでおり、やるべきことは、すべてやり尽くした感さえある。

欧米の一流スポーツ選手が引退する際の決め言葉に、「Nothing left to prove」（もう証明することは何もない）というものがある。まさに山本さんこそ、この言葉が最も似合う作家だろう。山本さんは持てる力のすべてを出し切り、「こないな感じで、どうでっしゃろ」と言って、この世から足早に去っていった気がしてならない。

それでは、冒頭で「面白い。とにかく面白いのだ」と書いた理由を、そろそろ説明しよう。

この作品は、「信長死すべし」と念じた人々と信長の心理的葛藤《かっとう》と駆け引きを描いた長編小説である。

歴史作家は、いつかは自分の本能寺の変を描かねばならない。それは歴史作家の宿命であり、使命でもある。山本さんが、この作品を残してくれたのは、われわれファンにとって、この上ない僥倖《ぎょうこう》である。

この作品で山本さんの唱える本能寺の変の真相は、「朝廷黒幕説」にあたる。正親町《おおぎまち》天皇は信長の新国家構想を容認できず、信長暗殺指令を出したというのだ。

山本さんは、日本経済新聞の「プロムナード」欄にエッセイを執筆していたが、その中の一篇「信長の新国家構想」で、こう書かれている。

「あの戦国乱世の時代、日本という国家のあるべき姿を考えていたのは、たった二人しかいなかった。

旧来の国家体制を堅持しようとしていた正親町帝と、それを壊して新しい国家を構想していた織田信長との二人である。（中略）それがために、信長は、帝から粛清された――。というのが、わたしの本能寺の変の解釈である」

中略部分では、信長が帝と朝廷の権威を己のものにするという構想を持っていたことが、安土城《あづち》の構造から明らかだ、と山本さんは説いている。

山本さんはこの作品で珍奇な新説を披露し、読者を驚かせるつもりなど毛頭なく、第一章から信長の敵は誰なのか、その動機は何なのかを、はっきり提示している。

それゆえ、びっくり箱のような珍説奇説を期待する向きには、この作品をお薦めしない。

小説は人間を描くものであり、珍奇な新説で読者を驚かせるところに小説の使命も本領もない。

つまり山本さんは、惜しげもなく最初にカードをさらけ出し、「そんなら、始めまひょか」とばかりに両陣営の攻防に入っていくのである。

これは、『刑事コロンボ』などにも使われた倒叙法という手法で、最初に犯人を明らかにすることで、「びっくり箱」の面白さはなくなるが、犯人側の心理が密に描けるというメリットが生まれる。つまり倒叙法こそ、本格歴史小説に向いている手法なのである。

本能寺の変の一カ月少し前が、この物語の起点となる。山本さんは冒頭、正親町帝の心中を描くことから始まり、それを実現すべく奔走する人々の心理的葛藤や行動を追っていく。さらに当事者である光秀と信長、また渦の外縁部にいる徳川家康や明智秀満（光秀の重臣）などの視点も交えることで、より多角的に事件の真相を捉《とら》えようとしている。

つまり、この作品は群像劇でもあるのだ。

構成としては、登場人物にそれぞれの思いを語らせ、本能寺という消滅点に向かってカウントダウンしていく手法を取っており、それぞれが運命の渦に巻き込まれていく様は、実にスリリングである。

ちなみに、『利休にたずねよ』も同じ多視点群像劇だが、時間を遡行させるという、より変則的な手法を取っている。

覇業に向かって突き進む信長は、あらゆることがうまくいくことで自己肥大化し、遂には己を神かと思うようになる。しかしそこに油断が生じ、守旧の権化のような者たちに足をすくわれるわけである。

歴史が新たな方向に進もうとする時、必ず揺り戻しがあり、それを軽視すると、とんでもないことになる。それを、山本さんは伝えたかったのではないだろうか。

昨今の日本を取り巻く情勢も、これに似ている。日本は戦後七十年を経て、経済的にも心理的にも復興を成し遂げた。強くなった日本が「戦後レジームからの脱却」を目指す時、「弱いままでいてほしい」勢力との衝突は不可避である。たとえそうした勢力が、前時代的な非民主的国家体制と政治システムしか持っていないとしても、それを軽視してはならない。

信長は身をもって、二十一世紀を生きるわれわれに、それを教えてくれたのだろう。

私は山本作品を読み、挑むように書いてきた。

私にとって山本さんは、師匠であり先輩でありライバルだった。これからも、ずっと追走していくつもりでいた。しかし山本さんは突然、旅立ってしまわれた。

山本さんは、もっともっと書きたかったはずだ。その無念を思うと言葉もない。しかし山本さんは、自分の人生に満足していたと思う。山本さんの小説家としてのキャリアは、決して長くはない。しかし見事に完結している。

デビュー二作目の『火天の城』で松本清張賞を受賞し、それが映画化されるという幸運に恵まれ、自らの代表作で直木賞を受賞し（これはたいへん難しい）、さらに、その作品が日本映画史上に燦然《さんぜん》と輝く傑作になるなど、ほかの誰が成し得ただろうか。また、これから誰が成し得るだろうか。

映画『利休にたずねよ』が、第三十七回モントリオール世界映画祭で「最優秀芸術貢献賞」を受賞し、監督や出演者たちと一緒に、羽織袴でレッドカーペットの上を歩いた時、山本さんの脳裏に、どのような思いが浮かんでいたのだろうか。

それは永遠の謎になってしまったが、おそらく山本さんは、大きな達成感に包まれていたはずだ。

あの時、あのレッドカーペットの上で、山本さんの人生は見事に完結した。

これほど幸福な作家を、私は知らない。

〈主要参考文献〉

『信長権力と朝廷　第二版』　立花京子　岩田書院
『信長と天皇』　今谷明　講談社
『吉田神道の基礎的研究』　出村勝明　神道史学会
『流浪の戦国貴族　近衛前久』　谷口研語　中央公論社
『完訳フロイス日本史③』　松田毅一・川崎桃太訳　中央公論新社

本書は、株式会社ＫＡＤＯＫＡＷＡのご厚意により、角川文庫『信長死すべし』を底本としました。但し、頁数の都合により、上巻・中巻・下巻の三分冊といたしました。

信長死すべし　下

（大活字本シリーズ）

2021年5月20日発行（限定部数700部）

底　本　角川文庫『信長死すべし』

定　価　（本体3,000円＋税）

著　者　山本　兼一

発行者　並木　則康

発行所　社会福祉法人　埼玉福祉会

埼玉県新座市堀ノ内3―7―31　〒352―0023

電話　048―481―2181

振替　00160―3―24404

印刷製本所　社会福祉法人　埼玉福祉会　印刷事業部

ISBN 978-4-86596-428-8

大活字本シリーズ発刊の趣意

現在，全国で65才以上の高齢者は1,240万人にも及び，我が国も先進諸国なみに高齢化社会になってまいりました。これらの人々は，多かれ少なかれ視力が衰えてきております。また一方，視力障害者のうちの約半数は弱視障害者で，18万人を数えますが，全盲と弱視の割合は，医学の進歩によって弱視者が増える傾向にあると言われております。

私どもの社会生活は，職業上も，文化生活上も，活字を除外しては考えられません。拡大鏡や拡大テレビなどを使用しても，眼の疲労は早く，活字が大きいことが一番望まれています。しかしながら，大きな活字で組みますと，ページ数が増大し，かつ販売部数がそれほどまとまらないので，いきおいコスト高となってしまうために，どこの出版社でも発行に踏み切れないのが実態であります。

埼玉福祉会は，老人や弱視者に少しでも読み易い大活字本を提供することを念願とし，身体障害者の働く工場を母胎として，製作し発行することに踏み切りました。

何卒，強力なご支援をいただき，図書館・盲学校・弱視学級のある学校・福祉センター・老人ホーム・病院等々に広く普及し，多くの人人に利用されることを切望してやみません。